KB131563

" 기억에 남는 봄을 만드세요. "
고민하는

우리가 소설로 만날 수 있기를.

주언 어 름.

1과 2사이♥
2022년 봄
김 혜 나

무엇이든 가능한 세계에서
2022년 봄
류 시 은

벗

2세가

"2의 세계를 달려보자."

우리에게 1다음이 있다는걸
믿습니다

서유미

공간의 틈,
시간의 바깥으로
안부를 전합니다.

2022 벚꽃 엔딩 무렵

조 수 경

2의 세계

2의 세계

지은이 고요한 · 권여름 · 김혜나 · 류시은 · 박생강 · 서유미 · 조수경
펴낸이 임상진
펴낸곳 (주)넥서스

초판1쇄 발행 2022년 4월 29일
초판2쇄 발행 2022년 5월 4일

출판신고 1992년 4월 3일 제311-2002-2호
10880 경기도 파주시 지목로 5
Tel (02)330-5500 Fax (02)330-5555

ISBN 979-11-6683-259-8 03810

저자와 출판사의 허락 없이 내용의 일부를
인용하거나 발췌하는 것을 금합니다.

가격은 뒤표지에 있습니다.
잘못 만들어진 책은 구입처에서 바꾸어 드립니다.

www.nexusbook.com
&(앤드)는 (주)넥서스의 문학 브랜드입니다.

2의
세계

고요한
권여름
김혜나
류시은
박생강
서유미
조수경

&

차
례

모노레일 찾기

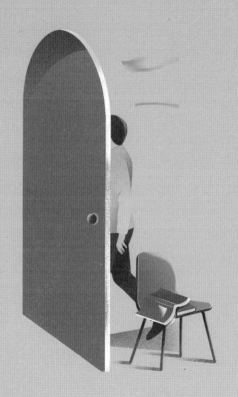

바다 위에는 밤하늘에 풀어놓은 리본처럼 모노레일 선로가 하얗게 떠 있었다. 바다를 끼고 도는 모노레일은 낭만적이었지만 이곳 풍경과는 어딘지 모르게 어울리지 않았다. 모노레일로 인해 갈라진 바다를 보며 나는 소주잔을 입에 갖다 댔다. 발목까지 내려오는 검은 롱 패딩을 입은 여자들이 까마귀 떼처럼 종종걸음으로 횟집 문을 밀고 들어왔다.

　한 해의 마지막 날이었지만 횟집 안은 한산했다. 그나마 회 한 접시가 나올 때마다 두세 명씩 떨어져 앉은 사람들이 무거운 분위기를 털어내듯 소주잔을 들고 건배를 했다.

　"2022년을 위하여!"

　우렁찬 건배 소리에 나는 그쪽으로 고개를 돌렸다. 다른 곳과 달리 나와 기준이 앉은 자리는 침울했다. 오늘 기준이 다니던 회사가 2년간 계속된 코로나로 수출길이 막혀 문을 닫은 것이다.

기준의 나이 마흔하나였다. 다른 친구들이 중간 간부로 속속 승진하는 것과 달리 기준은 이제 다른 일자리를 구해야 할 판이었다. 비정규직 시간강사인 나를 깔보며 기준은 얼마나 안심하고 살았던가. 기준은 "사는 게 참 더럽네" 하고는 난생처음 비정규직인 내가 부럽다면서 소주를 들이켰다. 4인이 앉는 테이블에는 광어 한 접시와 빈 소주병 두 개가 놓여 있었다. 얇게 썰어 놓은 광어회는 생기가 사라져 시든 장미 꽃잎 같았다.

"기분도 더러운데 애들이나 불러내자. 좆같은 기분으로 새해를 맞고 싶진 않아."

그 말을 하고 기준은 광어 살점을 와사비 간장에 찍어 입에 넣었다. 그동안 동창회에 한 번도 나오지 않았던 기준이었다. 친구들이 어떻게 사는지 궁금하다고 했지만, 그것보단 어디 일자리가 있나 알아보려는 속셈이었다. 같은 처지의 친구가 있으면 그걸 보고 동병상련을 느끼며 위로를 받겠다는 계산도 깔려 있었다. 혼자 신세타령을 듣는 것보다 여럿이 듣는 게 나을 것 같아 순순히 기준의 생각에 동의를 했다. 기준을 위로해주는 것에 조금씩 지쳐가고 있던 참이었다. 나는 가장 먼저 명에게 전화를 걸었다. 명은 전화를 받지 않았다.

두 번째로 떠오른 친구는 타이거 우즈처럼 골프를 잘 치는 김

고요한

이었다. 강의가 없을 때면 나는 기준과 함께 김을 따라 골프 연습장에 가곤 했다. 우정을 다지려고 골프를 쳐보기도 했지만 기준과 나는 소질이 없었다. 결국 우리는 골프 연습장에 가지 않았고 자연스레 연락은 뜸해졌다. 언젠가 시내에서 우연히 김을 만나 밥 한번 먹자고 했으나 전화를 하지는 않았다. 그런 김이 지금은 어떻게 사는지 궁금했다.

이심전심이었는지 기준도 김을 떠올리고는 전화를 하자고 했다. 이번엔 기준이 김에게 전화를 걸었다. 하지만 30초도 안 돼 전화를 끊으며 김이 뉴질랜드로 이민을 갔다고 했다. 한 번만 들어도 까먹지 않는 김의 전화번호는 그의 조카가 사용하고 있었다. 연이어 친구들에게 전화를 걸었으나 대부분 받지 않았다. 운 좋게 받아도 직장 동료들과 송년회를 하고 있어 나오라는 말을 꺼낼 수 없었다.

우리는 다시 누구를 불러낼지 이야기를 했다. 불러낼 만한 친구가 마땅찮은 데다 말 한마디 없이 김이 이민을 간 게 서운해 분위기는 더 가라앉았다. 집에서 나오자마자 길을 잃고 월미도 앞바다까지 휩쓸려 온 느낌이었다. 동료가 저녁을 먹자는 걸 거절한 게 후회됐다. 휴대폰으로 친구들 이름을 검색하던 기준이 국영을 불러내자고 했다. 싫다고 하자 기준은 내 눈치를 봤다.

"오늘이 그 자식 생일인데."

3분의 1쯤 남은 소주를 입에 털어 넣고 기준이 말했다. 12월

31일이 국영의 생일이었다. 대학 때도 송년회를 하면서 언제나 우리는 국영의 생일잔치를 같이 치렀다. 하지만 나와 국영이 멀어진 후 셋이 모인 적은 없었다. 생일이라는 말이 신경 쓰여 나도 기준의 눈치를 보며 소주를 마시다 결국 국영을 불러내자는 데 동의했다. 정확히 말하면 국영이 아니라 국영과 같이 살고 있는 현실의 이야기를 듣고 싶어서였다.

케이크를 사려고 횟집 사장에게 제과점 위치를 묻고는 혼자 밖으로 나왔다. 횟집 사장이 알려준 곳을 찾았으나 제과점은 불이 꺼져 있었다. 근처를 10분쯤 돌아다니고 나서야 낡은 건물 1층에 있는 프랜차이즈 제과점을 찾았다. 제휴카드로 15%를 할인받아 만칠천 원에 가장 작은 케이크를 사서 횟집으로 돌아가 국영에게 전화를 하려는데 망설여졌다. "부르기 싫어?" 하고 기준이 묻기에, 아니라며 전화를 걸었다.

국영은 전화를 받지 않았다. 부재중 번호가 찍힌 걸 보고 전화를 할 것 같아 나는 예전에 해놓은 수신 차단을 해제했다. 하지만 전화는 오지 않았다. 그때서야 케이크를 나중에 샀어야 했다는 생각이 들었다. 기준도 왜 케이크를 먼저 샀냐는 듯 상자를 바라보았다. 다시 전화를 걸어도 받지 않자 오기가 생겨 연달아 네 번을 걸었다. 끝까지 국영은 전화를 받지 않았다. 국영도 내 번호를 차단해놓은 것일까.

기준이 케이크나 먹자며 회 접시를 밀치고 상자를 열었을 때

고요한

살짝 취기가 오른 나는 현실에게 전화를 걸었다. 신호가 가자마자 현실이 전화를 받기에 국영을 바꿔달라고 했다. 현실은 아무런 대꾸를 하지 않았다. 부부 싸움을 한 것일까. 그 이야기는 듣고 싶지 않았다. 전화를 한 게 후회됐지만 그렇다고 먼저 끊을 수도 없었다. 내가 진짜 보고 싶은 사람은 현실이었으니까. 하지만 입에서는 국영의 이야기부터 튀어나왔다.

"국영이 생일이라 전화했는데 안 받아서…… 생일 케이크도 샀는데."

기준과 월미도에서 술을 마시다 국영이가 생각났다고 말했다. 현실은 다짜고짜 월미도로 오겠다고 했다. 그녀의 집에서 월미도까지는 택시를 타면 10분 정도 거리였다. 전화를 끊고 기준에게 현실이 나온다고 말했다.

"국영인 어쩌고?"

"같이 나오겠지."

"드디어 우리 셋이 만나는구나. 너희 둘이 원수 되고 나서 셋이 못 만났잖아. 이참에 너희 화해해."

"남의 일이라고 말 쉽게 한다."

"그렇다고 언제까지 원수처럼 지낼 건데?"

"죽을 때까지."

기준은 셋이 만난다는 데에 들떠 있었지만 나는 국영을 어떻게 대해야 할지 난감했다. 집들이 때 이후 국영을 만나는 건 처음이었다. 3년이라는 시간이 지났어도 그날의 기억은 아직 생생했다. 기준에게는 농담처럼 말했지만 죽을 때까지 만나고 싶지 않은 게 국영이었다. 물론 기준은 내가 국영의 집들이에 다녀왔는지 모른다.

3년 전, 집들이에 나를 초대한 건 국영이었다. 갈까 말까 망설였지만 초대해준 사람의 성의를 생각해 선물을 사 들고 집으로 갔다. 현실은 좁은 주방에서 음식을 차리고 있었고, 국영은 옆에서 일손을 거들고 있었다. 기준이는 언제 오냐는 내 물음에, 국영은 기준이는 초대하지 않았다고 했다. 혼자만 초대된 게 불편했지만 최대한 차분하게 행동했다.

정면으로 인천항이 보이는 작은 빌라였다. 처음 지어지고 분양 사무실이 오픈했을 때 현실과 몇 번 구경한 적이 있던 곳이다. 현실과 결혼하면 그간 번 돈과 대출을 최대한 받아 사려고 했는데, 그런 집에서 현실은 국영과 살고 있었다. 집 안에 들여놓은 녹색 소파며 장식장도 언젠가 현실과 가구 거리를 돌아다니며 찍어둔 것이었으나 실제로 들여놓은 걸 보니 좁은 거실에 옹색하게 자리 잡고 있어 칙칙해 보였다. 거실과 주방은 바로 연결되어 있었고 주방에는 2인용 식탁이 놓여 있었다. 문이 반쯤 열려 있는 곳이 안방인지 침대가 보였다. 내가 그쪽으로 가려고 하자 국영은 "이쪽은 침실이야" 하며 얼른 방문을 닫더니 문 앞

고요한

에 꼼짝하지 않고 서 있었다.

인천항을 보면서 저녁을 먹자는 현실의 말에 나와 국영은 식탁을 들고 창가로 갔다. 식탁 다리에 발등을 찧었으나 아프다는 내색은 하지 않았다. 국영이 베란다 창문을 열자 먹구름이 잔뜩 낀 바다에서 짠 내 나는 바람이 불어왔다. 현실은 분주하게 주방과 식탁을 오갔다. 전이며 갈비며 잡채까지도 현실이 직접 만든 것이었다.

현실은 음식이 많아 보이게 잡채를 한 그릇 더 담아서 식탁에 올려뒀다. 익숙한 잡채를 본 순간 국영이 나를 초대한 게 아니라 내가 국영을 집들이에 초대한 것 같았다. 국영은 내 어깨를 툭 치고 어디론가 가더니 의자를 가져와서 식탁 양쪽에 놓았다. 그래도 의자 하나가 부족하자 현실이 등받이가 없는 스툴을 가져왔다.

나와 국영이가 마주 보고 앉았고 그 사이에 현실이 앉았다. 스툴의 높이가 낮아서인지 현실의 키는 더 작아 보였다. 국영은 스툴을 자기 쪽으로 끌어당겼다. 나는 못 본 척 젓가락으로 잡채를 푹 집어 먹었다. 국영은 잡채에 손을 대지 않았지만 나는 오랜만에 먹어보는 잡채에만 손을 댔다. 잡채 못 먹어 죽은 귀신이 붙었냐며 국영이 한마디 하더니 내게 싸구려 와인을 따라 주었다.

"잡채 맛이 안 변했다."

기준이 와인병을 내려놓고는 나를 힐끗 쳐다보았다.

"녹색을 좋아하는 취향도 그대로네."

이번에는 현실이 나를 쳐다보았다.

"나도 이런 집에 살고 싶었는데. 딱 내 취향이야."

와인 때문이었을까. 창밖의 흐린 풍경 때문이었을까. 생각지도 못한 말이 입에서 튀어나왔다. 그러나 그 말은 내가 진짜 하고 싶은 말이었다. 이런 집에서 현실과 조용히 살고 싶었으니까. 내가 현실과 이 집을 보러 온 걸 국영이 알 리 없어 안심했지만, 현실이 나를 쏘아보는 시선이 느껴져 국영에게 집들이에 초대해줘 고맙다고 했다. 국영은 현실의 어깨에 손을 얹고 자기 쪽으로 끌어당기며 결혼 전 이 집을 보러 대여섯 번 왔다고 했다.

현실이 미간을 찌푸리는 걸 아는지 모르는지 국영은 전망 좋은 집에 대해 떠들었다. 제2금융권 대출까지 받아 무리하게 집을 산 것도 전망 때문이라고 했다. 밤이면 둘이 손잡고 공원을 산책하고, 주말에는 차이나타운에 가서 짜장면을 먹는다는 이야기를 자랑하듯이 했다. 국영의 이야기를 듣는 둥 마는 둥 내 시선은 침실 쪽으로 향했다.

국영은 내가 준 집들이 선물도 풀어보지 않은 채 와인을 마셨다. 싸구려 와인이 떨어지자 국영은 냉장고 안에 차갑게 해놓은 소주를 꺼내 왔다. 현실이 소주에 어울리는 안주를 만드는 사이,

고요한

나는 국영과 주거니 받거니 술을 마셨다. 먼저 취한 건 국영이었다. 국영이 뜯은 갈비가 빈 접시에 쌓였다. 현실이 어묵탕을 들고 왔을 때 소주를 이미 네 병이나 비운 상태였다. 국영은 와인잔에 소주를 가득 부은 다음 내게 건네주었다.

취한 국영이 나를 의식했는지 어묵탕을 내려놓는 현실을 끌어당겨 볼에 입을 맞췄다. 현실은 민망한 듯 억지웃음을 지었다. 국영은 좋으면서 왜 팅기느냐며 다시금 현실을 끌어당겨 자신의 무릎에 앉혔다.

"우리만 있는 것도 아닌데 그만해."

하지만 국영은 나 보라는 듯 노골적으로 현실을 꼭 끌어안았다.

"야, 그만하라잖아!"

내가 소리쳤다.

"네가 뭔데? 현실이는 이제 내 거라고. 그러니까 그만 포기하라고, 새끼야. 현실이가 내 거라는 걸 보여주려고 너만 집들이에 부른 거야."

나는 그릇에 쌓인 갈비뼈들을 국영의 머리에 쏟아부었다. 뼈들이 국영의 어깨와 식탁에 연이어 떨어졌다. 마지막 뼈가 국영의 머리에서 굴러떨어지는 걸 보고 그곳을 나왔다. 그러곤 집과 반대 방향으로 가고 있는 것도 모른 채 무작정 걸었다. 정신을 차리고 보니 정면으로 모노레일이 보였다. 밤이 깊도록 모노레일 선로를 따라 돌았다.

10분 만에 온다던 현실은 30분 만에 왔다. 화장을 급하게 했는지 부연 얼굴에 입술이 벌겋다. 국영은 왜 안 왔냐고 물었지만 현실은 말없이 자리에 앉았다. 현실이 와서 침체된 술자리가 살아났으나 그리 오래가지는 않았다. 무언가를 놓고 온 사람처럼 그녀는 살짝 얼이 나가 있었다.

상을 다시 세팅하고 회를 한 접시 더 시켰을 때, 기준은 현실에게 소주를 따라주었다. 셋이 잔을 부딪치고 나서 현실은 우리 두 사람이 무슨 일로 만났냐고 물었다. 내가 말을 하려는 참에 기준이 먼저 회사가 망했다고 툭 내뱉었다. 현실은 소주를 연거푸 세 잔 마시고는 한숨을 푹 쉬며 "직장이야 다시 구하면 되지" 하고 아무렇지 않게 말했다.

"직장 없다고 사람이 죽진 않으니까."

위로가 아닌 엉뚱한 말에 나는 현실을 바라보았다. 정수리 위로 솟아오른 흰 머리 한 가닥이 불빛에 반짝였다. 현실은 한 잔을 더 마시고 나를 쳐다보았다.

"국영 씨 죽었어."

옆 테이블에서 떠도는 소리와 주방에서 나는 도마질 소리가 시끄러워 현실의 말이 비현실적으로 들렸다. 내가 잘못 들은 것일까. 도저히 믿기지 않았다.

"국영이가 죽었다고? 멀쩡한 애가 왜 죽어?"

"멀쩡한 애도 죽어. 사람이 죽는 건 한순간이니까. 6개월 됐어."

어떤 말을 해야 할지 알 수 없어 소주잔을 입에 댔다. 기준도 믿기지 않는지 원샷을 하고는 현실에게 소주를 따라주었다. 기준의 팔에 걸려 옆에 세워둔 소주병이 넘어져 조금 남아 있던 소주가 주둥이로 흘러나왔다. 현실은 빈 소주병이 떨어져 깨질까 봐 얼른 바닥에 내려놓았다.

"술 먹고 계단에서 굴렀어. 시간도 늦은 데다 인적이 드문 곳이라 발견이 늦었어. 바로 병원으로 옮겼지만 한 시간도 안 돼 숨졌어. 같이 술 마신 동료들은 죄책감에 장례식장에 안 왔고."

"같이 술 마신 게 죄는 아닐 텐데 그 사람들도 괴롭겠다."

현실이 기준을 쏘아보며 버럭 소리를 질렀다.

"그 사람들이랑 술을 안 마셨다면 죽지도 않았어. 국영 씨가 전자제품을 판매하다 손님에게 정중하지 못하다고 한 소리 들은 거야. 그것도 어린놈에게. 그래서 동료들이 위로해준답시고 술집으로 데려간 거야. 술을 먹였으면 끝까지 책임을 지던가."

현실은 쌈장을 찍은 회 한 점을 상추에 싸서 입에 욱여넣었다. 입술 끝에 쌈장이 묻은 것도 모르고 현실은 소주를 들이켰다. 마른 잎사귀 모양의 립스틱 자국이 묻은 소주잔에 술을 따라주며 나는 기어들어 가는 목소리로 말했다.

"연락이라도 하지……."

"했지. 국영 씨 휴대폰으로. 안 받더라."

순간 나도 모르게 주머니에 손을 넣고 휴대폰을 만지작거렸다. 국영의 전화번호를 차단했다는 말은 차마 하지 못했다.

"난 연락 없었는데?"

기준이 말했다.

"국영 씨 휴대폰으로 연락 좀 하다가 가까운 사람들의 위로를 받으면 그 사람의 죽음을 받아들이게 될 것 같아서 더 이상 안 했어."

현실은 주머니에서 휴대폰을 하나 꺼냈다.

"국영 씨 휴대폰이야. 없앨 수가 없었어. 나 지금도 하루에 한 번씩 이 휴대폰으로 나한테 전화를 걸어. 내 휴대폰에 그 사람 번호가 뜨면 살아 있는 것 같아서. 그리고 국영 씨가 너무 그리운 날엔 내 휴대폰과 국영 씨 휴대폰을 나란히 놓고 카톡을 해. 어제는 무가 오백 원이었는데 오늘은 천 원 달래, 라고 보내면 국영 씨는 비싸도 사다 먹자고 대답해. 이런 시시콜콜한 이야기를 하는 거야. 장례식장에선 밤에 혼자 있는데, 그 사람 목소리가 너무 듣고 싶어서 통화 목록에 저장된 녹음을 하나씩 들으며 그 시간을 견뎠어. 그러다 발인 날이 됐는데 관을 들어줄 사람이 없는 거야. 뒤늦게 사람을 구하려고 하니까 일인당 십만 원을 달라고 했어. 넷이면 사십만 원, 여섯이면 육십만 원. 겨우 관을 들고 내리는데 말야. 이런 사정을 어찌 알고는 직장의 다른 동료들

고요한

이 와서 관을 들어줬어."

나는 창밖을 바라보았다. 모노레일이 어둠을 한 포대씩 실어 바다에 떨어뜨렸다. 수면에 어둠이 쏟아져 소금 더미처럼 쌓이자 삼각형 모양의 산이 생겨났다. 또다시 어둠이 한 포대 쏟아졌다. 소금 더미 산에서 굴러떨어진 어둠이 수면 위를 동동 떠다니다 서로 등을 부딪쳤다. 부서진 어둠이 파도를 타고 횟집 유리창으로 밀려 들어와 엉덩이를 들었다. 한 해의 마지막 날이라 그런지 어둠은 유난히 검고 짙었다. 엉덩이에 묻은 어둠을 손바닥으로 털어내고 다시 자리에 앉았다.

추가로 시킨 회가 나왔을 때 현실은 상자에 담긴 케이크를 보았다. 현실이 쓸쓸하게 미소를 지었다. 국영이 죽은 줄도 모르고 케이크를 샀다는 생각에 자괴감이 들었다. 기준 또한 나와 같은 생각을 했는지 머리만 긁적였다. 현실은 휴대폰을 주머니에 넣고는 상자 안에서 케이크를 꺼냈다. 케이크의 한쪽이 눌려 있었다. 현실은 쏠려 내려온 크림을 수저로 떠서 눌린 부분을 메꾸었다.

"오늘 생일잔치 못 해줬는데 이걸로 하면 되겠다. 국영 씨 죽고 나니 못 해준 거랑 싸운 것만 생각나. 그날도 출근하기 전에 대판 싸웠어. 그래서 저녁에 오면 화해하려고 국영 씨가 좋아하는 깍두기를 담그고 있는데 병원에서 연락이 온 거야. 그놈의 깍두기가 뭐라고. 그놈의 깍두기 때문에⋯⋯."

"깍두기가 왜?"

"아냐, 아무것도."

나는 큰 초 네 개와 작은 초 한 개를 케이크에 꽂았다. 기준이 초에 불을 붙이자 현실이 노래를 불렀다. 싸우고 나서 화해할 틈도 없이 국영이 죽었다는 게 믿기지 않아 나는 노래를 부르지 않았다. 주위에 앉은 사람들이 우리를 슬쩍슬쩍 쳐다보면서 하나둘씩 노래를 따라 부르기 시작했다. 현실이 촛불을 끄자 검은 롱패딩을 입은 여자들이 박수를 치며 생일 축하 인사말을 건넸다. 갑작스런 축하 인사에 현실이 엉거주춤 일어나 "감사합니다" 하고 고개를 숙였다. 현실의 생일인 줄 알고 횟집 사장이 소주 한 병을 서비스로 주었다.

"네 생일은 올해도 그냥 지나갔겠네?"

현실이 내게 말했다. 기준도 "맞다" 하고 고개를 끄덕였다. 내 생일은 2월 29일로 4년마다 돌아오기에 나조차 까먹고 지나간 적이 많았다. 올해 역시 2월이 28일까지밖에 없어 찾아먹지 못했다.

"앞으로 네 생일 12월 31일로 하자."

기준의 말에 어떻게 대답해야 할지 모르겠어서 못 들은 척 회를 한 점 집어 입에 넣었다. 다른 날보다 기준은 더 빨리 취했다. 술을 마시지 않을 땐 이성적이었지만 술이 들어가면 감성적으

고요한

로 변했다.

"못 찾아먹는 생일도 찾아먹고 좋지 뭘 그래. 국영이도 기억하고."

그만하라며 눈치를 줘도 기준은 의미 있는 일이라는 말만 쏟아냈다. 대체 뭐가 의미 있는 일인지 알 수 없었다. 그렇게 의미 있는 일이라면 자신의 생일을 12월 31일로 하면 될 텐데, 그런 말은 일언반구도 하지 않았다. 그런데 뒤늦게 현실이 기준의 말에 맞장구를 쳤다.

뜻밖의 반응에 나는 그런가, 하고 창밖을 바라보았다. 모노레일 위로 한 줄기 빛이 빠르게 지나갔다. 이 상황에 이런 생각을 하는 게 싫었지만 나는 현실에게 설레고 있었다. 저 모노레일을 타면 이제는 현실에게 도달할 수 있을 것 같았다. 속마음이 내비칠까 봐 목소리를 깔고 의사를 표현했다.

"너희들 생각이 그렇다면 그렇게 할게. 이제부터 내가 국영이 몫까지 살지 뭐."

죽은 친구와 같은 날 생일인 게 싫었지만, 아니 그것보다는 내가 사귄 여자를 빼앗아간 남자와 생일잔치를 하고 싶지는 않았지만, 나는 그렇게 하겠다고 말했다. 이건 아니지, 하면서도 마음은 생각과 다르게 흘러갔다.

기준은 자기 의견이 받아들여진 것에 고무되었다. 현실도 생일 축하한다면서 내 앞에 케이크를 한 조각 놓아주었다. 6개월

된 국영의 죽음이 6년쯤 된 것처럼 멀게 느껴졌다. 이런 방식으로 국영과 화해를 한다는 생각이 들자 생일에 의미가 생겼다. 의미라는 건 어떻게든 만들어놓고 그럴싸하게 해석하면 되는 게 아니던가. 나는 케이크를 한 입 떠서 입에 넣었다. 케이크에서 소주 냄새가 났지만 무척 달았다. 기준이 나를 불러낸 게 무슨 계시처럼 느껴졌다. 한 해의 마지막 날을 이보다 더 의미 있게 보내는 방법은 없었다.

"내년 12월 31일에도 여기서 만나 생일잔치하자."

내 말이 떨어지기 무섭게 기준이 동의를 표했다. 그런데 현실이 그건 힘들겠다고 했다. 왜냐고 물었지만 현실은 소주만 마셨다. 기준은 현실이 한 말을 듣지 못했는지 아무것도 묻지 않았다. 나는 단 게 당겨 또 케이크를 푹 떠먹었다. 그 부드러운 것이 목구멍에 걸렸다. 목구멍에 걸린 걸 내려보내기 위해 소주를 들이켰다.

횟집 앞에서는 대여섯 명의 남자들이 입에 풍선을 물고 바람을 넣고 있었다. 조금씩 풍선이 커졌다. 개중 하나가 터져 남자의 얼굴을 덮었다. 남자는 얼굴을 덮은 풍선 조각을 떼어내고 다시 풍선을 불었다. 점점 남자의 얼굴이 풍선처럼 보였다. 문화의 거리 쪽에서 새해맞이 음악이 흘러나왔다.

"국영 씨가 죽기 전날 모노레일 타러 가자고 했는데. 인천역에서부터 한 바퀴 돌며 바다를 보자고."

나는 말없이 고개만 끄덕였다.

"모노레일은 지금 놓쳐도 다시 잡아탈 수 있고, 오늘 놓쳐도 내일 탈 수 있지만…… 간 사람은 다시 오지 않겠지."

생일잔치를 같이 못 하는 이유는 대지 않고 현실은 국영의 이야기만 했다. 이 자리는 자신이 아닌 국영이 있어야 할 자리라고. 현실은 모노레일이 이곳과 어울린다고 했다. 때마침 전화가 와서 기준은 코트도 걸치지 않고 밖으로 나가더니 오들오들 떨며 휴대폰을 귀에 대고 통화를 했다. 기준이 자리를 비우자 분위기가 가라앉아서 나는 유리창을 톡톡 두드리며 들어오라는 시늉을 했다. 기준은 고개만 끄덕이고 계속 통화를 했다.

나는 현실과 눈이 마주치면 고개를 돌려 모노레일을 바라보았다. 모노레일은 아까보다 더 멀리 바다 쪽으로 가 있는 것 같았다. 저 모노레일 선로 위를 현실과 걸어가고 싶었다. 밤에 둘이 저 위를 걷는 기분은 어떨까. 바다 위를 걸어가는 기분일까. 하늘을 날아가는 기분일까. 걸으면서 동시에 날아가는 기분일까. 저 바다 끝까지 현실과 걸어가고 싶다고 생각하자, 이곳 풍경과 안 어울려 보였던 모노레일이 이제는 어울려 보였다.

기준이 통화를 마치고 들어왔을 땐 5분이 흐른 뒤였다. 집에 들어가겠다는 기준을 잡아 앉혔다. 엉덩방아를 찧으며 기준은 자리에 앉았다.

"너 위로해주려고 만사 제쳐놓고 나왔는데, 네가 들어가면 어떡해."

현실도 기준이 가지 못하도록 코트를 잡아당겼다. 기준이 나와 현실을 번갈아 보며 말했다.

"너희 둘이 할 말 많을 것 같아서."

"무슨 말?"

내가 끼어들었다.

"너 아직도 현실이 좋아하잖아? 집들이도 갔었고."

"집들이 간 건 어떻게 알았어?"

"국영이가 전에 술 취해 말했어."

"너희 둘이 따로 만난 거야?"

"어차피 셋이 모이긴 힘들었잖아."

칙칙한 분위기를 바꾸려고 기준이 잔을 부딪치며 새해 계획을 물었으나 현실은 없다고 딱 잘라 말했다. 나는 한 번도 새해 계획을 실천해본 적이 없어 가만히 있으려다가 우리 함께 모노레일을 타봤으면 좋겠다고 했다. 국영이 못 한 일을 대신해주고 싶었다. 그러나 아무도 호응을 하지 않았다.

여덟 시가 넘자 횟집의 활기는 사라졌다. 수도권 식당 영업시간은 밤 아홉 시까지였다. 횟집 안에는 우리밖에 없었다. 사장은 소리를 줄여놓은 텔레비전 앞에서 꾸벅꾸벅 졸고 있었다.

기준이 다시 한번 다른 친구들에게 전화를 해보자고 했지만,

그러고 싶은 마음도 생기지 않는 데다 곧 영업 종료 시간이어서 거절했다. 현실도 나와 같은 생각인지 무슨 전화냐며 말렸다. 더 이상 사람들은 오지 않고 월미도 횟집이라고 적힌 출입문 밑으로 어둠만 밀려 들어왔다.

아무리 화제를 바꿔도 결국은 국영의 죽음에 대한 이야기로 돌아왔다. 국영의 죽음을 이길 화제는 없었다. 이곳에서 벗어나는 것만이 국영의 죽음에서 벗어나는 길이었다. 횟집 사장이 이제 막 들어온 사람들에게 영업시간이 20분도 안 남았다고 하자 그들은 이내 발길을 돌렸다.

기준과 술값을 반반 계산하고 횟집을 나와 우리는 마스크를 쓴 채 바닷가를 걸었다. 인천상륙작전기념비를 지나 달빛음악분수, 그리고 문화의 거리까지 갔을 때 측면으로 거대한 마스크를 쓴 종이학이 보였다. 금방이라도 종이학이 하얀 날개를 펴 올리며 검푸른 바다를 향해 날아오를 것 같았다. 우리는 조금 더 위쪽인 유람선 매표소까지 걸어갔다가 그곳에서 몸을 돌렸다. 안쪽에서 걸었던 내가 이번에는 바닷가 쪽에서 걸었고 현실은 똑같이 가운데서 걸어갔다.

현실이 선로 위에 매달린 파란 풍선 두 개를 손으로 가리켰다. 나는 돌을 하나 집어 풍선을 향해 던졌다. 돌은 풍선에 닿지 못하고 힘없이 떨어졌다. 기준이 던진 돌은 내 것보다 멀리 나가 교각을 맞혔다. 현실이 그 돌을 주워서 던졌지만 빗나갔다. 우리는 공터에서 돌을 서너 개 집어 와 동시에 던졌다. 빵, 하고 풍선이 터졌다.

"내가 터뜨렸어."

기준이 두 손을 번쩍 들어 올렸다.

"무슨 소리야. 내가 터뜨렸어."

현실이 기준을 밀어내며 말했다. 나는 폴짝 점프를 하며 맞힌 사람은 나라고 소리를 질렀다. 기준과 현실이 나를 밀어내며 그건 아니라고 했다.

"풍선을 터뜨리고 나니까 속이 다 시원하네."

기준은 실직자가 된 것도 잊고 좋아하더니 나머지 풍선 하나도 터뜨리기 위해 돌을 주우러 가서는 우리를 불렀다. 기준이 있는 쪽으로 가 보니 선로를 떠받치고 있는 교각 아래 풍선들이 커다란 알처럼 무더기로 모여 있었다.

누가 먼저랄 것도 없이 풍선을 집어 툭툭 튕겼다. 날아오른 풍선이 바다에 떨어졌다. 빨갛고 파랗고 하얀 풍선이 바람을 타고 수면 위를 둥둥 굴러다니다 소금 더미처럼 바다에 쌓여 있는 어둠에 닿았다. 풍선은 더 나가지 못하고 어둠 주변을 빙글빙글 돌았다. 우리는 돌을 집어 던졌다. 돌에 맞은 풍선이 수면 위로 튀어 오르거나 어둠 위로 떠밀려 올라갔다. 그러다 어둠의 모서리에 찔려 터졌다.

현실이 케이크를 놓고 왔다기에 다 같이 횟집으로 갔지만 불은 이미 꺼져 있는 상태였다. 우리는 바다를 끼고 걸어 야외무대를 지나갔다. 기준은 휴대폰만 주시했고, 현실은 바다를 바라보았고, 나는 현실을 바라보았다. 조금 더 갔을 때 기준이 전화를 받고는 먼저 들어가겠다며 마침 지나가는 택시를 잡으려고 손을 번쩍 들었다. 기준은 자신의 소매를 잡은 현실을 뿌리치며 택시에 올라타더니 창문을 내리고 말했다.

"부장님이 동종업계 사람들이랑 송년회 하고 있다며 당장 오래. 잘하면 경쟁 회사에 들어갈 것 같아. 세상이 좆같지만은 않은 거지. 그리고 국영에게는 미안하지만 어쩌면 국영이도 이제 너희가 잘되길 바랄 거야."

기준이 택시 창문을 올리고 손을 흔들었다. 기준의 지원 사격이 고마웠으나 미간을 찌푸리는 현실을 보자 이 상황이 어색하게 느껴졌다. 둘만 남게 되자 어떻게 해야 할지 알 수 없었다. 바람이 차서 어디에 들어가고 싶어도 가게들은 죄다 영업 종료가 된 상태였다. 이제 시간은 열 시를 넘어가고 있었다. 새해가 오려면 두 시간도 채 남지 않은 상태였다. 이렇게 월미도를 걸으면서 현실과 같이 새해를 맞고 싶었다. 매번 똑같이 새해를 맞이했지만, 내심 이번 새해는 뭔가 다를 거라는 은근한 기대를 품고 조금 전 걸었던 길을 다시 한 바퀴 돌았다.

"새해 전야치곤 되게 적막하네. 그래도 이렇게 조용히 걸으니 좋긴 하다."

"국영 씨를 화장하고 들어왔을 때 집이 얼마나 적막하던지. 무치다 만 깍두기가 그대로 주방 식탁에서 쉰내를 풍기고 있었어. 혼자 식탁에 앉아 약간 맛이 간 깍두기와 밥을 먹었어. 그 사람이 죽었어도 목구멍으로 밥이 들어간다는 게 얼마나 지랄 같던지. 그 후로 깍두기만 보면 국영 씨가 떠올라."

계속되는 국영의 이야기가 더는 듣고 싶지 않아 고개를 돌렸다.

"월미도도 많이 변했지. 옛날에 우리가 데이트할 땐 모노레일 운행 안 했었잖아."

"그땐 그랬는데 국영 씨랑 결혼하고 나서 몇 번 탄 적 있어. 그 사람, 겉모습이랑 안 어울리게 겁이 많았지. 덩치는 산만 한 사람이 바이킹 같은 놀이 기구를 못 탔어. 그래도 모노레일은 좋아했는데."

내가 무슨 이야기를 해도 현실은 국영의 이야기를 했다.

집들이에 갔다 온 후, 한동안 나는 현실이 살고 있는 집 쪽으로는 가지 않았다. 인천역 앞에서 약속이 생기면 다른 곳으로 장소를 바꿨고, 기준이 짜장면을 먹으러 차이나타운에 가자고 했을 땐 냉면이 먹고 싶다는 핑계를 댔다. 버스가 그쪽으로 가면 한 정거장 전에서 내렸고 서울에 가려고 지하철을 탈 때도 가까운 인천역 대신 다른 역으로 갔다. 현실이 사는 곳을 무덤처럼 만들어버리고 그쪽으로 가지 않았다.

고요한

그러나 그런 날들은 얼마 가지 못했고 나는 다시 현실의 주변을 맴돌기 시작했다. 창문을 열고 현실이 사는 집 쪽을 바라보았고 어느 밤에는 집을 나와 현실의 집까지 걸어갔다. 30분이고 한 시간이고 현실의 집 주변을 돌다 오면 내 안에 고여 있던 그리움 같은 것들이 빠져나갔다. 하지만 그곳에서 발을 떼는 순간 그리움이 다시 차올랐다.

한번은 밤에 차를 몰고 나갔다. 신포시장에서 시작해 인천역 앞까지 갔다가 그곳에서 동인천역으로 간 다음 다시 신포시장으로 갔다. 자유공원 꼭대기에 사는 현실의 집을 중심으로 원을 그리며 한 바퀴 돈 것이다. 이렇게 두 번 돌고 나서 신포시장 안쪽으로 들어가 또다시 원을 그리며 차를 몰았다. 내가 그녀의 주위를 돌고 있다는 것만으로 위로가 되어 그리움이 가라앉았다. 내가 그리는 원의 크기가 줄어들수록 한 바퀴 도는 데 소요되는 시간은 줄어들고 현실의 집은 가까워졌다. 하지만 현실의 집까지 가지 못하고 다시 점점 큰 원을 그리며 밖으로 나갔다.

"집들이 때 나 가고 나서 아무 일 없었어?"

나는 걸음을 멈추고 또 물었다.

"국영이 죽기 전에 싸웠던 것도 혹시……."

"혹시 뭐?"

"나 때문인가 해서."

"뭐라고?"

현실이 어이없다는 듯 코웃음을 쳤다.

"무슨 소리 하는 거야. 그게 왜 너 때문이야? 국영 씨는 집들이가 끝나고 나서 너 신경도 안 썼어. 나도 그렇고."

"집들이에 가지 말았어야 했는데."

"아, 됐고. 집들이 선물은 고마웠어. 예전에 우리가 가구점에서 본 탁상용 액자더라. 근데 그날 네가 간 후 국영 씨가 그걸 박살 냈어. 아깝긴 했지만 어차피 한물간 거잖아. 우리 관계처럼."

한참 동안 우리는 길가에 서서 검푸른 바다를 바라보았다. 현실이 이제 집에 들어가겠다면서 버스 정류장으로 걸어갔다. 나는 어쩔 수 없이 현실을 따라갔다. 예전에 있던 버스 정류장은 없었다. 그곳에서 조금 더 걸어가자 새로 생긴 버스 정류장이 나왔다. 버스 정류장 전광판에는 불이 들어오지 않았다. 전광판 밑 벤치에 누워 있는 소주병을 손으로 굴리며 버스를 기다렸다. 10분을 기다려도 버스가 오지 않아 소주병을 밀어버렸다. 소주병이 바닥에 떨어지면서 주둥이가 깨졌다.

"모노레일을 따라 인천역까지 걸어갈까."

이대로 헤어질 수 없어 나는 조금만 있으면 새해가 온다고 했다. 현실은 대꾸도 없이 잠시 생각에 잠기더니 말없이 걷기 시작했다. 눈이 내린다는 보도가 없었는데 하늘에서 눈송이가 하나

고요한

둘 떨어졌다. 올 겨울 내내 기상청 보도는 맞지 않았다. 따라서 오늘 밤에는 눈이 엄청 온다는 이야기였다. 소리도 없이 내리는 눈이 어느새 쌓여 있었다.

"이 눈이 세상을 다 덮었으면 좋겠어. 저 모노레일도, 저 집들도, 저 바다도. 그리고 나도. 내 잘못까지도. 그런데 이 눈으로 내 잘못을 덮을 수 있을까……. 실은 국영 씨가 죽은 날 그 사람에게 전화했어. 국영 씨가 좋아하는 깍두기 담그니까 일찍 들어와서 저녁 먹으라고. 그놈의 깍두기가 뭐라고. 그런데 술 마시느라 안 들어오는 거야. 그래서 또 전화를 걸어 화를 냈더니 그 전화를 받고 서둘러 오다 계단에서 구른 거지. 이 이야기는 너에게만 하는 거야."

현실은 내년 국영의 생일도 챙겨달라면서 오늘 집이 팔렸다고 했다. 그러고는 앞서서 모노레일 선로를 따라 걸어갔다. 어둠을 실어 나르는 모노레일은 보이지 않았지만 모노레일이 지나갈 때 나는 소리가 들렸다. 그 소리를 따라 걸었으나 5분도 못 가고 건물에 막혀버렸다. 담장으로 둘러쳐진 건물을 따라 다시 선로가 나올 때까지 걸어갔다. 막히면 돌아가고, 막히면 돌아가고.

우리가 있는 곳은 변두리라 편의점도 보이지 않았다. 얼마나 걸었을까. 낡은 3층짜리 건물 1층에 '무인 카페'라고 쓰인 간판이 보였다. 이곳도 영업 제한에 걸려 있을 게 뻔했지만 내부에 희미하게 불이 켜진 걸 보고 슬쩍 문을 밀어보았다. 문이 잠겨 있지 않아 안으로 들어갔다. 뒤따라 현실도 들어왔다.

주머니에서 천 원을 꺼내 벽에 세워진 커피 자판기 투입구에 밀어 넣었다. 차르륵, 차르륵. 모서리가 구겨졌는지 자판기는 천 원을 도로 뱉어냈다. 천 원을 손바닥으로 펴서 문지른 다음 자판기에 다시 넣었다. 차르륵 착, 소리를 내며 천 원이 안으로 빨려 들어갔다. 다시 천 원을 집어넣었다. 그렇게 오천 원을 넣고 이천사백 원짜리 카페라떼 두 잔을 뽑아 자리에 앉았다.

이따금씩 커피 자판기가 윙 하는 소리를 낼 뿐 실내는 조용했다. 마스크를 내리고 커피를 한 모금 마시자 추위에 얼었던 몸이 따뜻해져 왔다. 집이 팔렸으면 어디로 가느냐 같은 복잡한 건 묻지 않고 그저 가만히 커피를 마셨다. 현실도 말없이 커피만 홀짝였다. 나는 이 안에서 현실과 새해가 올 때까지 있는 것도 좋을 것 같다고 생각했다.

그때 지나가던 남녀가 문을 밀고 들어오더니 커피 자판기 앞으로 갔다. 그들은 자판기에서 커피를 뽑아 우리를 지나 창가에 앉았다. 커피를 손으로 감싸 쥐고 그들은 서로를 바라보았다. 남자가 여자의 어깨에 묻은 눈을 털어주자 여자도 남자의 머리에 묻은 눈을 털어주었다. 삐뚤어진 남자의 마스크를 여자가 눈 밑까지 올려주었다. 마스크 위로 김이 올라와 남자의 안경이 뿌예졌다.

뿌예진 안경을 닦지도 않고 남자는 여자를 응시하며 두 손을 가운데로 모아 하트를 만들었다. 여자도 똑같이 하트를 만들고 웃었지만 웃음소리는 들리지 않았다. 무슨 말을 하나 싶어 귀를 기울여도 말소리조차 들리지 않았다. 내리는 눈송이들이 무인 카페 창문으로 휘몰아쳐서 그랬는지 남녀의 모습이 눈사람처럼 보였다. 현실은 그들을 힐끗 쳐다보고 밖으로 나갔다. 나 역시 종이컵에 든 커피를 원샷하곤 현실을 따라 나갔다.

"모노레일을 타면 어디까지 갈 수 있을까."

현실이 물었다.

"인천역."

내 말에 현실이 씁쓸하게 웃었다.

"하긴 모노레일을 타고 멀리 갈 수는 없지. 출발점과 종점이 같으니까. 돌고 돌아도 그 자리니까. 이 모노레일을 타고 돌고 돌아 국영 씨에게 갈 수 있다면…….."

우리는 다시 모노레일 선로를 따라 걸어갔다. 그 순간 나는 앞으로도 현실 주위를 빙글빙글 돌 거라는 생각이 들었다. 영원히 하나가 되지 못하고 둘로 남는 상태. 현실은 국영의 주위를 돌고 언제까지 나는 현실의 주위를 돌아야 하는 나날들. 나의 모노레일과 현실의 모노레일이 허공에서 교차하며 만나는 일은 없을 것 같았다.

나는 걸음을 멈추고 머리에 쌓인 눈을 털어냈다. 걸어도 걸어도 인천역은 나오지 않았다. 내 머리 위로 모노레일이 흘러가고 있었고 그 아래에는 나와 현실이 서로 다른 방향으로 흘러가고 있었다. 어느새 현실은 눈에 덮여 보이지 않고 내 머리 위로 흘러가는 하나의 모노레일만 보였다.

고요한

십여 년 만에 다시 월미도에 갔다.

그사이 월미도에는 모노레일이 생겨 있었다. 순간 그 모노레일을 타고 끝없이 달리면 당신에게 갈 수 있을 것 같았다. 하지만 모노레일은 한 곳만 도는 게 아니던가. 나는 모노레일처럼 원을 그리며 월미도 일대를 빙글빙글 돌았다. 언젠가 나도 당신의 주위를 이렇게 돌았던 적이 있었으니까.

바닷가를 돌면서 이곳에 같이 왔던 당신을 떠올렸다. 세월은 바람과 같아서 당신은 바람처럼 떠나갔다. 영원할 줄 알았던 것들은 시간이 지나면서 소멸되어 버리고 그 자리에 남는 것은 기억의 파편뿐이다. 물론 그땐 이런 날이 올 줄 몰랐다. 당신은 어디로 갔을까.

영원히 자신의 모노레일을 찾지 못하는 한 남자의 이야기를 쓰고 싶었다. 그래서 기억되는 두 사람의 이야기를. 어릴 적부터 완성된 사랑보다 완성되지 못한 사랑에 더 끌린 탓이리라. 미완성의 상태가 언제나 마음에 잔향을 남겼다.

이 단편을 쓰면서 오래전 바람처럼 떠난 당신을 다시 만난 기분이었다. 앞으로 그런 시절이 다시 오지 않더라도, 그때 그 기분은 오랫동안 깊이 남아 있을 것이다.

시험의 미래

권여름

빠르게 달리던 버스가 속도를 줄이더니 이내 방향을 크게 틀었다. 구은열의 몸이 오른쪽으로 쏠렸다. 앞좌석 등에 붙은 손잡이를 꽉 붙잡았다. 행선지를 알지 못한 채 버스 안에서 세 시간을 버텼다. 바깥 공기를 쐬고 싶었다. 빨리 내려서 자신이 바보 같은 수락을 한 게 아니라는 것을 확인해야 했다. 버스가 멈춘 뒤, 요란하게 바람 빠지는 소리가 나면서 문이 열렸다. 구은열은 버스에서 재빠르게 내렸다. 답이 안 나오는 문제의 정답지를 황급히 넘겨 보는 심정이었다.

건물 전체가 공사장에서나 보던 파란색 펜스로 빙 둘려 있었다. 구은열이 목을 뒤로 최대한 꺾어 올려다보았다. 펜스의 높이가 아득했다. 비밀스러운 공사장 같은 곳에 작게 난 임시 문에는 보안 요원으로 보이는 사람들이 방탄조끼까지 입고 동상처럼 버티고 있었다. 안으로 들어가자 커다랗고 낡은 콘도 건물이 보였다. 콘도 정문 앞에는 색이 바랜 민트색 분수대가 있었다. 작동한 지 오래됐는지 물이 말라 있었다.

구은열은 주변을 빠르게 살폈다. 자신 말고 입소하는 사람은 보이지 않았다. 버스에 함께 탔던 추시호가 콘도 정문 앞에 늘어선 보안 요원 옆에 섰다. 명찰 색이 미묘하게 달랐다. 같은 파랑 계열이었지만 보안 요원은 콘도를 둘러싼 펜스와 같은 밝은 파랑이었고, 진행 요원인 추시호의 명찰은 좀 더 어두웠다. 남색이었다.

입구에서 한 발 더 들어가 두 팔을 벌렸다. 금속 탐지기를 든 남자가 구은열 앞으로 더 가까이 붙어 섰다. 구은열은 숨을 크게 들이마셨다. 바깥과 달리 시원하고 쾌적한 공기가 안정감을 줬다.

"교수님, 캐리어는 보안 점검이 끝나면 숙소로 올려드리겠습니다."

보안 요원이 구은열의 캐리어를 끌고 갔다.

"일단 3층의 소회의실로 가시겠습니다. 본부 총괄 책임자님이 기다리고 계십니다."

추시호의 뒤를 따르며 걷다가 몇 사람과 마주쳤다. 추시호는 사람들을 향해 먼저 고개를 숙였다. 구은열도 엉거주춤한 자세로 목례를 했다. 그들은 뒤늦게 합류하는 구은열을 힐끗 쳐다보았지만 큰 관심은 없어 보였다.

중년 여성이 수건이 가득 쌓인 수레를 밀고 지나가면서 인사를 했다. 보라색 명찰이었다. 그 뒤에서 텀블러를 들고 걸어오는 남자가 보였다. 피로에 절어 있는 얼굴 아래로 출제 팀이라고 적힌 명찰이 보였다. 빨간색이었다. 구은열은 자기도 모르게 읊조렸다. 빨주노초파남보. 소회의실까지 가면서 자신이 받게 될 명찰의 색상이 무엇일지 궁금했다.

출장 제안을 받을 때도 이곳에서의 역할이 무엇인지 알 수 없었다. 출제 본부에 도착하기 전에는 그 어떤 것도 알려줄 수 없다고 했다. 협조 공문조차 보낼 수 없다는 말에는 실소를 금치 못했다.

"다녀오면 멀쩡한 자리가 없어지겠군요."

일주일 뒤도 아니고, 당장 다음 날 출발해야 된다는 말에 구은열은 그렇게 답했다. 대학 내 누구에게도 발설하지 말고 출장을 오라는 거였다. 사전 결재 없는 출장이라니. 구두로 보고해서도 안 된다고 했다. 그러니 출장이 아니라 무단결근이었다. 자리를 잡아가던 교수 연구실을 박차고 나오는 꼴이 아닌가. 몇 초의 공백을 깨고 전화기 너머에서 다시 목소리가 들렸다.

"아시지 않습니까?"

최리사가 지도교수였으니 잘 알지 않느냐는 말일 터였다. 최리사는 종종 학기 중 사라졌다. 대외비 출장이라고 했다. 그렇다고 아무도 모르게 다녀온다는 건 불가능했다. 총장을 비롯한 출장 결재권자들은 한 달 전에 알았다. 최리사 부재 기간에 강의를 도맡을 박사 3년 차들은 일주일 전에 통보를 받았다. 촉박하게 통보받은 박사들은 강의 준비에 늘 진땀을 뺐다. 정작 최리사 본인은 한 달도 넘는 시간이 지난 뒤 턱을 높이 치켜들고 당당하게 돌아왔다.

"그때도 공문은 왔다는 거 알고 있어요. 몇몇은 그걸 알 수밖에 없죠."

최리사의 출장보다 더 무리한 과정인 게 분명했다. 공문은 못 보내더라도 사전에 결재권자에게 전화라도 넣어주겠다는 답이 돌아오길 바랐다. 협상이라면 협상이었다. 하지만 돌아온 답은 차가웠다.

"수락하지 않겠다는 말씀이죠?"

대안을 제시하기는커녕 무 자르듯 잘라내려는 태도에 구은열은 불쾌했다. 이내 자신이 이 제안을 놓칠까 봐 불안해하고 있다는 걸 깨달았고 저 밑바닥에서 수치심이 올라왔다. "수락 안 해요. 말이 됩니까?" 이렇게 말하고 전화를 끊고 싶었다. 하지만 그러지 못했다. 최리사처럼 이 출장을 통해 뭔가를 얻어낼 수 있을지도 모른다는 기대. 얻어낼 수 있는 것이 무엇인지 명확하게 떠오르지 않았음에도 혹시나, 하는 마음은 생각보다 강력했다.

집에 돌아와 아내에게 털어놓았다. 출제 본부에서 연락이 왔다는 소식에 아내가 "오" 하고 짧은 감탄사를 내뱉었을 때는 순간 으쓱했다. 그러나 얼마 가지 않아 아내는 호들갑스럽게 목소리를 높이며 전화를 의심했다.

"보이스 피싱?"

구은열이 짜증스럽게 대꾸했다.

"돈을 줬다니까?"

"그래? 돈을 주는 보이스 피싱은 없지. 그렇다고 바로 수락했어?"

전화기 너머의 목소리는 '수락하지 않겠느냐'고 두 번이나 물었다. 망설이던 구은열은 마침내 수락했다. 전화를 끊자마자 수당의 절반이 입금되었고 곧이어 안내 문자가 왔다. 예상보다 많은 금액에 다시 한번 확인을 할 정도였다. 흡족함이 가슴에 환하게 퍼졌다. 그 돈으로 뭔가를 할 수 있어서가 아니다. 그 정도의 돈을 받을 만한 사람이 되었다는 것. 그것이 중요했다.

구은열은 신혼여행지 아울렛 매장에서 구입하고 한 번밖에 쓰지 않은 캐리어를 열었다. 속옷을 차곡차곡 넣다가 출제 본부에서 보내온 안내 문자를 여러 번 봤다.

- 대외비 출장이니 보안에 각별한 주의 요함. 비밀 철저 유지. 덕 암시 남부터미널 주차장 동측 A문 입구. 내일 오전 10시 25분.

차량 번호 및 좌석은 보안상 현장에서 안내 예정.

출제 본부 안내 문자를 보는 와중에 문자 하나가 왔다. 최리사였다.

- 늦은 시간 미안합니다. 내일 청마관 203호, 오전 11시 회의 있습니다. 그때 뵙도록 하지요.

전화를 걸어 회의에 참석할 수 없다고 슬쩍 말이라도 해야 하나 싶었다. 하지만 전화기 너머 그 남자가 신신당부했다. 특별한 포지션이기에 최리사 교수보다 더 무리하게 모실 수밖에 없노라고. 대학의 구성원 누구든 입소 전 이 사실을 알게 되면 안 된다고 말이다. 그런 일이 생기면 이 업무에서 즉시 배제, 법적 책임을 묻겠다는 말까지 했다.

출제 본부의 구성원을 꾸릴 때, 지역과 학교별로 나름 공정하게 인원을 맞춘다고 했다. 대학에서는 최리사의 독점이었다. 아무리 공정해지려고 해도, 어디에선가 불공정과 소외가 생길 수밖에 없었다. 최리사가 독점하던 그 출장의 바통이 자연스럽고 은밀하게 구은열에게 넘어가는 중이었다. 세대교체. 구은열은 그 단어를 떠올렸다. 그러곤 혹시 통화 버튼을 누르게 될까 봐 전화기를 뒤집어 발로 저만치 밀어냈다.

권여름

그게 바로 어젯밤의 일이란 게.구은열은 믿기지 않았다. 아득히 긴 시간을 건너온 것 같은 기분이었다. 소회의실은 아담했다. 한 사람 자리에 안내 책자와 노트북이 놓여 있었다. 구은열의 몫이었다. 책자와 노트북을 슬쩍 들여다보던 구은열이 추시호에게 물었다.

"명찰은요?"

"명찰은 없습니다."

명찰이 없다고? 구은열이 순간 한쪽 어깨를 으쓱 올렸다가 내렸다.

최고 책임자란 사람이 도착했다. 기준서였다. 졸음이 달아났다. 일단 안심이었다. 시험 철이 되면 뉴스에 등장하던 이 분야 단골 전문가였다. 이곳은 시험 출제 본부가 맞다. 그 어떤 것보다 단 한 사람이 그것을 증명했다.

"총괄 책임자 기준서입니다."

구은열은 얼마 가지 않아 의아한 기분이 들었다. 생각해보니 이곳과 어울리지 않는 사람이지 않은가. '우리 이거 뭐 하자는 거죠?'라는 그해 유행어를 만든 사람이 기준서였다. 이 시험의 폐지를 목 놓아 주장하던 그가 출제 본부 총괄 책임자라니. 뭐가 어떻게 돌아가는지 모를 일이었다.

"마지막 입소자이십니다, 교수님. 환영합니다. 함께해주셔서 감사하고요. 자세한 업무 안내는 아직 받지 못하셨지요? 그만큼 중요한 자리였기에 미리 말씀드리지 못한 점 양해해주십시오."

"네, 이제 드디어 제 업무가 무엇인지 알려주시겠군요."

"바로 말씀드리죠. 파이널 점독관이십니다."

최리사가 출제 무용담을 늘어놓을 때도 들어본 적 없는 포지션이었다.

"파이널 점독관이요? 들어본 일이 없습니다."

"공식 인원으로 집계되지 않는 업무죠. 그만큼 중요한 일이라는 거죠."

기준서가 두 손을 내밀어 구은열을 가리켰다.

"이제 그런 일에 투입되는 위치에 계신 거고."

구은열은 생활 안내 책자를 넘겨 보았다. 그 안의 본부 현황표에는 출제와 검토, 보안과 행정, 생활 지원까지 역할별 인원수가 명확히 기재되어 있었고, 건물 단면도의 숙소 칸에는 배정 인원의 이름과 역할이 표기되어 있었다. 하지만 어디에도 구은열의 이름은 없었다. 공식 인원으로 잡히지 않는다는 말에 김이 샜고, 섭섭한 감정마저 일었다. 질문을 하는 구은열의 목소리 끝에 날이 섰다.

"그러니까 파이널 점독관? 그게 뭐 하는 겁니까?"

점독을 모르는 건 아니었다. 최리사가 출장 다녀와서 배운 걸 대학 시험에 도입한 적이 있다. 구은열 임용 첫해였다. 최리사는 교수들 앞에서 화면을 띄우고 말했다.

"예를 들어 이런 문장이 있다고 하죠."

'우리의 미래(?)'라는 구절이 화면에 떴다. 최리사가 시범을 보였다.

"우리의 띄고 미래 밑줄 긋고 소괄호 열고 물음표 소괄호 닫고."

시험지 인쇄 전 과별로 교수들이 모여 띄어쓰기와 문장부호까지 낭독하며 검토하는 것. 대학의 중간고사와 기말고사에 대한 민원이 잦아지자 최리사가 도입한 것이었다. 문제에 오탈자나 오류가 많을수록 시험의 신뢰도, 나아가 대학의 신뢰도까지 낮아진다는 게 그의 주장이었다. 기준서 역시 비슷한 말을 했다.

"파이널 점독관의 최종 점독 없이는 단 한 문제도 못 나갑니다. 여기서."

흠결 없는 시험지를 만들어야 한다는 기준서의 눈빛은 간절해 보였다.

"문제에 문제가 생기면 이 시험은 위기를 맞이하게 될 것이고, 그렇게 되지 않으려면 우리는 완벽해야죠. 그 완벽함을 채워줄 분이 바로 구 교수님이신 거고."

"점독이라면 출제 팀에서 수도 없이 할 테고, 검토와 교정 팀도 할 텐데요?"

"역시 잘 알고 계시는군요."

"그렇게 중요하다는 이 포지션은 왜 조직도에 없는 거죠?"

"믿을 만한 마지막 검토자가 또 있다고 생각해보세요. 출제 팀이나 검토 팀 사람들, 긴장 풀어집니다. 분명히."

"아니, 잠깐만요. 그러면 여기에 있는 사람조차 저의 존재를 모른다는 겁니까?"

"믿을 만한 누군가가 더 있다는 거, 그거 도움 안 됩니다."

"네?"

"서로에 대한 불신 덕분에 시스템이 견고해지는 거잖아요, 그렇죠?"

"아니, 그렇다고 무슨 첩보 요원도 아니고, 이런 일을 숨겨진 방에서 하라는 말씀입니까?"

기준서는 흔들림이 없었다.

"숨겨진 방에서 실은 가장 중요한 결정이 내려지는 거죠. 차차 적응되실 겁니다. 일단 좀 쉬세요. 휴식이 중요합니다."

구은열은 그를 붙잡고 이것저것 묻고 싶었지만, 기준서는 황급히 소회의실을 나갔다. 구은열은 안내 책자의 건물 단면도를 다시 펼쳤다. 멀찌감치 떨어져 있던 추시호가 스티커 한 장을 들고 왔다. 그는 작은 별 하나를 조심스럽게 떼더니 단면도의 옥상 부근에 붙였다.

"교수님 방이 여기쯤 됩니다."

"옥상에서 자야 하나요?"

"그럴 리가요. 없지만 존재하는 방이죠."

"그건 또 무슨 소립니까?"

"이를테면 제2의 방. 뭐 그렇게 생각하시면 됩니다."

추시호가 싱긋 웃었다. 구은열은 그의 안내를 받으며 소회의실에서 나와 엘리베이터로 향했다. 마침 엘리베이터에서 내리던 주황색 명찰이 구은열을 힐끔 쳐다보았다. 검토 팀원이었다. 빨주노초파남보. 구은열이 노랫가락처럼 읊조렸다. 808호 앞에는 구은열의 캐리어가 먼저 도착해 있었다.

"제2의 방이라……."

추시호의 말을 떠올리자 어깨가 으쓱 올라갔다. 제2의 방이라는 말이 나쁘지 않았다. 비밀스러운 분위기가 마음에 들었다. 비밀스러운 건 최소 하찮은 건 아닐 테니까. 방문을 열자 기분이 상쾌해졌다. 아내의 호텔리어 친구 덕분에 국내에서 손꼽히는 호텔 스위트룸을 이용한 적이 있었는데, 딱 그 구조였다. 콘도의 낡은 외관과 달리 방의 인테리어는 고급스럽고 깔끔했다. 방의 전체적인 색감이 화이트 톤인 것도 마음에 들었다. 빨주노초파남보 물감을 모두 섞으면 검은색이지만, 그것들이 빛이라면 화이트가 된다. 구은열은 빨주노초파남보를 노래처럼 리드미컬하게 내뱉었다. 그러자 가슴이 더없이 환해진 것 같았다. 기다란 책상이 거실 한복판에 있었다. 평소 아내가 검색만 하던 고급 브랜드의 책상이었다. 당장이라도 책상 사진을 찍어 아내에게 전송하고 싶었다.

구은열은 발코니 창을 덮은 커튼을 열어젖히려다 추시호의 눈치를 봤다. 추시호는 눈치 빠르게 그 의도를 파악하고 멋쩍게 웃으며 구은열에게 다가왔다. 그런 뒤 직접 커튼을 열어주기까지 했다.

"버스에서는 원칙이라 어쩔 수 없었습니다."

버스 안에서 단호했던 표정은 온데간데없었다. 버스 안에서 구은열이 차창 커튼을 열어젖혔을 때, 전방을 주시하던 추시호가 화들짝 놀라며 구은열의 자리까지 뛰어왔었다.

"안 됩니다! 아시지 않습니까?"

맨 끝 좌석에 앉아 있던 보안 요원이 도착하기도 전에 커튼을 얼른 거칠게 닫았다. 추시호는 순간적으로 사납게 변한 표정을 거두고 이렇게 말했다.

"아시지 않습니까."

이 동네는 뭐만 하면 '아시지 않습니까'였다. 이 말을 들을 때마다 뭔가를 알고 있어야 했던 건지 구은열은 머쓱했다.

"창문 커튼도 못 열어보게 하더라니까. 출제 본부 장소가 보안 대상이니까. 차라리 영화처럼 헝겊으로 눈을 가리지."

최리사는 출장을 다녀오고 마련한 식사 자리에서 그런 농담을 했다. "대단한 출장이긴 해"라는 말을 뱉으며 긍지로 가득하던 최리사의 얼굴이 떠올랐다. 구은열은 그 대단한 출장의 바통이 자신의 손에 넘어온 걸 오늘에서야 알게 된 최리사의 표정이 궁금했다. 너무나 당연했던 일인자의 자리가 실은 영원한 것이 아니라는 걸 깨달은 표정 말이다.

출제 팀 마감 3일 전이라고 했다. 구은열에게 휴식 기간인 셈이었다. 8층에서 바라본 조망은 좋았다. 산속에 파묻힌 줄 알았는데 아주 멀리 흐릿하게 바다가 보였다. 바다를 끼고 있는 지역을 차례로 떠올렸다. 눈을 가늘게 뜨고 펜스 너머를 관찰했다. 산의 능선과 건물 바로 아래 나무의 이파리 모양도 살폈다. 내가 있는 곳은 어디쯤일까. 그것을 알기 위해서는 주변을 살피는 일밖에 없었다.

얼굴만 한 활엽수가 발코니 바닥에 붙어 있는 게 보였다. 발코니 유리문을 열자 차고 신선한 가을 냄새가 훅 끼쳤다. 여기가 어디인지는 알 턱이 없었지만, 가을이 온 건 분명하게 느껴졌다. 발코니로 나가 바깥 공기를 더 들이마시고 싶은 욕구가 강렬하게 들었다. 구은열은 방충망 문을 잡았다. 그러나 움직이지 않았다. 문틀이 못으로 단단히 고정된 탓이었다. 보안 때문인가? 화재라도 나면 어쩌려고. 구은열은 몇 번 문을 밀어보다가 그만두었다. 그 대신 발코니 문 앞에 의자를 가져다놓고는 그곳에 앉아 아래를 내려다보았다. 이곳에 있는 사람들에게는 펜스가 높게 둘러싸인 주차장이 유일한 운동장이라고 했다. 사람들은 그곳을 돌고 또 돌았다. 개미들처럼 돌고 있는 그들을 내려다보면 마치 신이 된 느낌마저 들었다. 처음에는 출제 팀이 아닌 게 아쉬웠다. 그런데 이제는 저 개미 같은 무리 중 하나이고 싶지 않았다. 특별한 게 더 좋았다. 그동안 구은열이 자신에게 주어진 시험에 죽을힘을 다한 것도 결국 특별해지고 싶어서였으니까.

출제 팀의 마감을 하루 앞두고, 콘도는 너무 고요해서 숨이 막힐 지경이었다. 사람들의 웅성거림 대신 무거운 공기만 아래층에서 올라왔다. 운동장에서 개미처럼 부지런히 빙빙 돌던 사람들 숫자도 줄었다. 간혹 올라오는 웃음소리는 주로 출제와 거리가 먼 사람들의 것이었다. 듣기 평가 녹음을 마친 성우나 생활 지원 팀 사람들일 거라고 추시호가 알려줬다. 초록색이나 노란색 명찰을 달고 있던 사람들. 그들은 웃다가도 출제 팀을 의식했는지 황급히 손으로 입을 가리고 주변을 살폈다. 구은열은 지루한 시간을 마무리할 때가 되었다는 생각에 되레 설렜다.

아침 식사 장소에 가기 위해 추시호는 6시 30분이면 어김없이 문을 두드렸다. 구은열은 추시호와 식당으로 향하며 복도를 걷는 시간이 좋았다. 몇 번 봤다고 추시호가 편했다. 자신도 모르게 '요' 자를 자주 빼고 말했다. 최리사 뒤치다꺼리와 논문 완성 등으로 절어 있던 박사 시절의 자신을 보는 것 같아 괜히 친근했다.

"첫날은 편했는데 이제 지겨워요. 얼른 뭐라도 하고 싶어."

"얼마 안 남으셨습니다. 지금을 누리십시오, 교수님."

출제 위원들의 숙소가 있는 복도는 조용했다. 식사하러 갈 때 유일하게 지나치는 복도였다. 몇몇 문에는 아침을 먹지 않겠다는 메시지가 적힌 포스트잇이 붙어 있었다.

"메시지를 왜 굳이 붙여놓는 거지?"

"아침 식사는 팀별로 꼭 같이 먹어야 하거든요."

"조찬 회의 같은 거? 아이고, 아침이라도 편하게 먹어야지."

"생존 확인 같은 거죠. 밤새 아프실 수도 있고. 또……."

이맘때 사람들은 치열하게 싸우고 자기 방으로 들어가 온종일 안 나오기도 한다는 거였다. 삐져서 안 나오는 팀원의 안부를 팀장이 아침 식사를 핑계로 묻는다고 했다.

"배운 놈들이 더 유치하잖아요, 보면."

말을 하고 민망했던지 추시호의 얼굴이 붉어졌다. 구은열은 그런 추시호를 위해 말을 돌렸다.

"발코니 방충망 말이에요. 보안 때문이겠지만 너무한 것 같아. 어차피 펜스 주변으로 보안 요원들이 서 있고 늘 순찰도 하던데 방충망까지 고정할 필요가 있나?"

"몇 번 사례가 있었을 겁니다, 교수님."

"아니, 방충망 열고 문제 유출하는 사람도 있나?"

"아뇨, 다들 스트레스도 많고 층수도 높잖아요."

"무슨 말이죠?"

"과로사가 몇 번 있었던 거 교수님도 들으셨죠?"

"뉴스에도 종종 나오니까."

"모를 일인 거잖아요. 정말 다 과로사인지."

매해 투신하는 수험생이 공식적인 숫자보다 비공식적인 숫자가 더 많을 거라는 이야기가 떠올랐다.

"이 시험에만 그러겠어? 세상에 온갖 시험에서 한 명씩만 절망한다고 생각해봐. 시험은 없어져야 돼."

아내는 비극적인 뉴스가 나올 때마다 그렇게 말했다. 구은열은 아내가 보고 싶었다. 시험을 만드는 사람 중에도 투신하는 자들이 있네, 자기야.

***

시험지가 도착했다. 기준서는 구은열의 방까지 찾아와 정중히 고개를 숙였다. 불편한 점은 없는지, 필요한 건 더 없는지 세심하고 다정하게 물었다. '최후의 보루'라는 말을 한 번 더 강조하며 구은열을 북돋웠다. 낯간지러웠지만, 싫지 않았다. 이제부터는 추시호가 식사를 방으로 배달해준다고 했다.

"최선을 다해야죠."

구은열의 말이 끝나자마자 시험지가 놓인 책상 앞에 카메라가 설치되었다. 점독을 하는 것이 모두 녹화된다고 했다. 한 시간마다 20분의 휴식 시간이 주어지고 작업은 밤 10시까지 이어진다고 했다.

"소리 잘 떠지니까 목소리 작게 하셔도 됩니다, 교수님."

추시호가 현관문을 조심스럽게 닫고 나가며 말했다.

결재자의 도장이 찍힌 겉면을 조심스럽게 걷어냈다. 시험 전에는 바깥의 누구도 볼 수 없는 완성본. 인쇄를 허락하는 도장까지 찍힌 최종, 아니 최최종. 하지만 그건 가짜이지 않은가. 시험지 맨 아래 파이널 점독관 사인지가 있었다. 구은열의 이름이 찍혀야 '진짜 최최종'이었다. 기운이 솟고 약간 흥분되기까지 했다.

아래층에서 수다를 떨며 웃는 소리가 올라왔다. 시험지를 넘긴 출제자와 검토자들이 흥성대기 시작했다.

"저들은 인쇄 중이라고 알고 있어요."

마감 후 남은 시간이 온전히 휴식 시간이라고 알고 있지만, 약간의 오류라도 발견되면 다시 문제를 만들어야 한다고 했다.

"오류가 발견되면 그 문제는 고치는 게 아니라 사라집니다. 이번 본부의 룰이죠. 그걸 교수님이 판단하시는 거고요. 다시 한번 잘 부탁드립니다. 어떤 흠결도 없어야 합니다."

구은열은 시험지의 첫 장을 열었다. 익숙한 형태의 문제가 보였다. 역시 이 시험이었군. 이 시험이 변별력과 공정성 등을 의심받을 때마다 최리사는 그에 대응하는 논문을 발표했다. 그 논문을 위해 통계 프로그램을 돌리고, 통계 결과를 해석하는 일은 박사들이 함께했다. 그때 지겹도록 본 문제 유형들이었다. 익숙한 문제에 곧 마음이 안정되는 걸 느꼈다. 사람들은 그 시험이 뭐가 그렇게 중요하냐고, 혹은 왜 중요해야 하느냐고 시험 철마다 의문을 제기했다. 하지만 이 시험은 한 번도 사람들의 관심 밖에서 벗어난 적이 없었다.

다음 지문을 읽고 (가)의 화자가 〈보기〉의 '민우'에게 해줄 수 있 는 조언으로 적절하지 않은 것을 고르면?(4.8점)

"다음 띄고 지문을 띄고 읽고 띄고 소괄호 열고 가 소괄호 닫 고 의 띄고 화자가 띄고 홑꺾쇠 열고 보기 홑꺾쇠 닫고 의 띄고 작은따옴표 민우 작은따옴표 에게 띄고 해줄 띄고 수 띄고 있는 띄고 조언으로 띄고 적절하지 띄고 않은 밑줄 긋고 띄고 것을 띄 고 고르면 물음표 소괄호 열고 사점팔 점 소괄호 닫고."

5초면 넉넉히 읽을 수 있는 문두 하나도 점독을 하니 50초였 다. 단순히 낭독만 하는 게 아니었다. 문두와 지문, 선택지 등에 오류가 없는지 정신을 곤두세우며 점독을 하기 때문에 에너지 소모가 엄청났다. 검토자가 더는 없다는 생각에 그들 역시 최선 을 다했겠지. 그 덕에 문제의 오류는 쉽게 보이지 않았다.

쉬는 시간 동안 숨을 돌렸다. 목에 힘을 최대한 빼라던 추시 호의 조언은 점독이 끝난 뒤에야 떠올랐다. 발코니를 바라보았 다. 저 너머는 분명 바다였는데, 날씨 때문인지 푸른색 바다가 보이지 않았다. 가을 냄새라도 맡아볼 심사로 숨을 깊게 들이마 셨다. 그런데 이곳에서 한 번도 나지 않은 냄새가 올라왔다. 고기 굽는 냄새였다. 구은열이 까치발을 하고 발코니 너머 간이 운동장을 바라보았다. 식당에 있던 식탁과 집기들이 운동장에 펼쳐져 있었다. 주방장과 생활 지원 팀 사람들이 그럴싸하게 갖춰입고 음식을 날랐다. 사람들은 테이블뿐 아니라 운동장 벤치, 심지어 바닥에 돗자리를 깔고 삼삼오오 모여 식사 중이었다. 입소할 때 보았던 민트색의 분수대 테두리는 만석이었다. 펜스 한 면은 캠핑할 때나 쓰는 아기자기한 전구들이 매달려 빛났다. 조악하긴 했지만, 초저녁에 빛나는 전구 알은 따뜻하고 아름답게 느껴졌다. 순간 알람이 울렸다. 구은열은 다시 점독의 자리로 황급히 움직였다.

이튿날부터 몸이 아팠다. 단 하루가 지났을 뿐인데 목이 따끔거렸다. 추시호가 의료 팀에서 종류별로 약을 챙겨다 줬지만 나아질 기미는 보이지 않았다. 밤새 술을 마시며 떠드는 사람들 소리에 잠을 깊이 못 잔 탓도 있었다. 추시호나 기준서에게 항의할까 하다가 그간 얼마나 스트레스가 쌓였을지 짐작할 만했기에 그냥 넘어갔다.

아래층 사람들의 축제는 좀처럼 끝날 것 같지 않았다. 오전부터 음악 소리가 들려왔다.

"이것들이 미쳤나."

운동장을 내려다보며 구은열이 중얼거렸다. 시멘트 바닥 공터에서 체육대회가 열릴 모양이었다. 개미처럼 한 방향으로 터덜터덜 걷던 사람들의 몸에 생명력이 넘쳐났다. 추시호한테 전화를 걸어 음악을 꺼달라고 요청했다. 이에 "점독 작업이 시작되는 10시에 저절로 음악이 꺼질 테니 걱정 말라"는 답변이 왔다. 음악은 구은열의 점독 작업 시간에 맞춰 멈췄다. 묘한 쾌감이 일었다.

점심시간에는 추시호가 식사를 들고 왔다. 체육복 차림이었다. 이야기나 좀 나누고 갔으면 했는데, 목에 건 막대형 호루라기를 구은열에게 자랑하듯 내밀었다.

"족구 심판 봐야 해서요. 그럼 이만 가보겠습니다. 수고하십시오, 교수님."

추시호는 즐거워 보였다. 추시호가 나가고 곧이어 흥겨운 사람들의 웃음소리가 올라왔다. 출제 기간에는 땅만 보며 걷던 사람들이었다. 여유가 생겼으니 땅 위를 올려다볼 줄 알았다. 구은열은 부러 방충망에 바싹 몸을 갖다 댔다. 그러나 그를 발견하는 사람은 아무도 없었다. 그러다 보니 이내 화가 났다. 화가 나면 점독에 집중이 잘됐다. 얼마나 잘 만들고 저렇게 신났나, 어디보자. 이런 심경이었다.

일단 문제는 그냥 그랬다. 최근의 문제들과 별다를 게 없었다. 거기서 거기. 읽으면 읽을수록 도무지 이 문제를 통해 무엇을 변별할 수 있는지 의문이었다. 구은열은 강의실에 앉아 있는 학생들을 떠올렸다. 가슴이 답답했다. 실로 외로운 점독의 시간이었다. 하지만 할 일은 해야 했다. 더욱이 최후의 보루라고 하지 않았는가.

5일이 지났을 때는 목소리가 거의 나오지 않는 상태였다. 무척 피곤했지만 이상하게 잠이 오지 않아서 급기야 수면제까지 처방받아야만 했다. 온종일 정신이 몽롱했다. 무엇을 위해 여기에서 이러고 있는 걸까. 회의감이 몰려왔다.

"잘하고 와. 너무 잘하려다 우스워지지 말고."

출장 날 아침, 무심히 인사를 건네던 아내가 그리웠다.

일주일을 넘기며 열심히 점독을 했지만, 오류는 도무지 보이지 않았다. 단순한 오탈자도 없었다. 그것에 몹시 화가 났다. 오류가 발견되지 않자 점독의 시간은 더 지루해졌다. 목에 힘을 최대한 빼려고 노력했지만 목소리는 완전히 거칠어졌다. 도저히 못 하겠는데, 이거? 문득 이런 생각까지 들었다. 도망갈 수 있다면 당장이라도 이곳을 떠나고 싶은 충동이 하루에도 몇 번씩 들었다.

"없을 리가 없습니다. 분명히 있습니다. 늘 있었잖아요. 이번에 교수님 포지션이 생긴 만큼 어떤 오류도 없어야 합니다. 저희는 이제 교수님만 믿겠습니다."

중간에 찾아온 총괄 책임자 기준서는 계속 구은열을 격려했다.

"골방에서 뭐 하는 짓인지."

이 말을 내뱉는데 코끝이 시큰해져 구은열 본인도 좀 놀랐다. 이 골방에서 제발 나가게 해주세요. 아니, 나갈래요 그냥. 이렇게 말을 내뱉으려는 순간, 기준서가 구은열의 손을 억세게 쥐었다.

"세상을 진짜로 움직이는 건 사실 카운트 되지 않는 사람들이잖습니까. 이렇게 제2의 방에서 숨어 있는 자들."

기준서는 두 손을 구은열에게 뻗으며 말을 이었다.

"숨어 있기를 자처한 자들."

구은열은 그의 말에 고개를 끄덕였지만, 과연 자신이 숨어 있기를 자처한 것인지 헷갈렸다. 하지만 그 말, 숨어 있기를 자처한 자들. 구은열은 그 말이 마음에 들었다. 바깥의 축제 소리는 시간이 갈수록 높아졌다. 그들이 흥성댈수록 외로웠지만, 위원장의 말을 계속 떠올리며 구은열은 버텼다.

"이 시험의 미래도 결국 구은열 교수님의 손에 달려 있다는 걸 기억하세요."

자신의 시험 문제를 다시 평가하는 사람이 있다는 사실. 실은 자신들이 시험을 보는 중이라는 걸 모른 채 축제의 소리는 더 높아졌다.

"당신들 지금 시험 보고 있다는 거 모르지. 바보들."

구은열은 출제자들을 생각하며 중얼거렸다. 그러자 그들이 우습게 느껴졌고, 지쳤던 몸에 살짝 생기가 돌기도 했다. 상대를 우습게 여기는 일. 치사하지만 지금을 버틸 수 있는 유일한 길이었다. 기준서가 방을 나가며 마지막으로 한 말도 계속 떠올랐다.

"영원히 숨어 있는 게 아니라는 건 아시죠. 이건 더 나아가기 위한 움츠림 정도? 구 교수님이 세상으로 나오기 위한 발판 같은 거죠. 우리도 다 그렇게 시작했어. 아시지 않습니까?"

점독은 끝을 향해 달려갔다. 마지막 교시 시험지에 당도했을 때는 코끝이 시큰해지기까지 했다.

카메라를 바라보고 구은열이 입을 열었다.

"5교시 시험지 점독을 시작하겠습니다."

이 한마디를 하는 데도 두 번이나 기침했다.

"5교시 띄고 대괄호 열고 윤리와 띄고 철학 대괄호 닫고."

한동안 구은열이 점독을 멈췄다. 이 시험의 5교시는 원래 제2외국어였다. 학생들은 시험의 마지막 교시에 중국어, 일본어, 베트남어, 아랍어 등의 과목을 선택해서 풀었다. 1년 만에 어떤 논의과정도 없이 과목이 바뀐다는 건 말이 안 됐다.

표지를 넘기자 점입가경이었다. 논술형 문제였다.

"논술형은 고사하고 짧은 서술형 한 문제라도 내려면 10년은 더 지나야 할 겁니다."

최리사는 학회의 질의응답 시간에 그렇게 말했다.

"문제를 내는 게 중요한 게 아니고, 그걸 대규모로 채점하는 시스템이 되어 있지 않아요, 우리나라는."

최리사는 외국처럼 시험에 에세이나 논술을 도입하는 일이 시급하지만, 결코 쉽지 않은 일이라고 역설했다. 그때 최리사의 말에 반박하는 사람은 없었다.

"문제 일 어떤 띄고 삶이 띄고 성공한 띄고 삶인가 물음표."

커다란 시험지에 달랑 이 한 문제였다. 다음 장을 넘겼다.

"문제 이 시험은 띄고 왜 띄고 사라지지 띄고 않는가 물음표."

구은열은 혼란스러웠다. 손을 비벼 뜨끈한 기운으로 두 눈을 마사지해도 눈은 점점 침침해졌다. 알고 있던 그 시험이 아니었다. 특정한 공무원을 뽑는 시험인가, 공기업 입사 시험? 그 외 여러 종류의 시험을 떠올려봤다. 이만한 규모와 보안을 내세우며 출제 본부를 꾸릴 시험은 도무지 떠오르지 않았다.

이런 혼란 속에서도 구은열의 입은 관성처럼 계속 움직였다. 제대로 문장을 내뱉고 있는지조차 판단할 수 없을 만큼 몽롱했다. 시험지 한 장을 더 넘겼다.

문제 3 안다는 것은 무엇인가?

"문제 삼 띄고 안다는 띄고 것은 띄고 무엇인가 물음표."

도대체 여기가 뭐 하는 곳인지 추시호나 기준서가 오면 꼭 물어봐야겠다고 생각하며 점독을 이어갔다. 중요한 건 이 일을 빨리 끝내는 것이었다.

"하나라도 찾으시면 할 일 다하신 겁니다."

추시호의 말이 떠올랐다. 구은열은 문득 추시호가 이틀 전부터 오지 않았다는 것을 깨달았다. 동시에 이틀 동안 자신이 밥을 먹지 않았다는 것도. 구은열이 현관문을 열었다. 문이 열리며 제법 무게감 있는 물건이 쓰윽 뒤로 밀렸다. 문 앞에 무언가 놓여 있던 모양이었다. 현관문을 붙든 채 한쪽 발만 복도에 내밀고 문 뒤를 살폈다. 문에서 밀려 벽에 붙은 도시락에 시선이 오래 멈추었다.

***

점독을 할 시험지가 딱 한 장 남자, 놀랍게도 구은열은 불안했다. 아무것도 없을 리가 없다고 확언하던 기준서의 말이 머릿속을 떠다녔다. 단 한 개만 발견하면 된다고 추시호는 말했지만 내용 오류는 고사하고 비문이나 오탈자조차 없었다. 성과 없이 출장을 마치는 것이 두려웠다. 구은열은 읽고 또 읽었다. 한 문제를 무려 한 시간 넘게 반복하기도 했다. 그리고 마침내 너무 극적이게도 마지막 장, 마지막 문제에서 뭔가 보였다.

문두를 소리 내어 읽기도 전에 시선이 멈췄다. 찾았다. 구은
열이 중얼거렸다.

다음 중에

분명히 보였다. 구은열의 목소리가 떨렸다.

"다음 띄고 띄고 중에."

띄고 띄고, 두 번이면 안 된다. '다음 띄고 중에'여야 한다. 다
음과 중 사이가 멀었다. 그런데 다시 보니 정상적으로 보이기도
했다. 고개를 흔든 다음 다시 보았다. 분명히 멀다. 붉은 펜으로
다음과 중 사이에 동그라미 두 개를 그려 넣었다.

시험지의 맨 끝 '수고했습니다' 문장만 남았다. 점독의 끝이
기도 했다. 목은 점점 꽉 조여오고 쇳소리가 났으며 무척 아렸
다. '수고했습니다'라는 문구가 마치 자신에게 하는 말 같아서
좀 울컥했다. 큼큼 소리를 내며 목을 가다듬었다. 카메라의 붉은
불이 어서 마무리하라고 재촉하듯 깜박였다.

"홑꺾쇠 열고 수……."

누군가 거세게 문을 두드렸다. 순간 신경질이 났다. 보라색
명찰의 청소해주는 아주머니였다.

"얼른 나오세요, 얼른. 건물 바로 뒷산에서 산불이 났어요. 건
물까지 옮겨붙게 생겼다고요."

"나가 계세요."

"저기요, 선생님. 화재라고요, 화재. 얼른 나오세요."

"홑꺾쇠 열고 수고했습니다 홑꺾쇠 닫고."

끝이었다. 녹화 완료 버튼을 눌렀다. 보라색 명찰의 여자가 문을 잡고 구은열을 한심하게 바라보았다. 구은열은 붉은색 교정 표시가 있는 시험지를 찾았다. 보이지 않는다.

"빨리 나오시라니까."

구은열이 서늘한 표정을 지었다. 사물을 보듯 여자를 봤다. 매캐한 냄새가 열어둔 문으로 흘러 들어왔다. 구은열은 최종본 시험지 뭉치를 한꺼번에 안아 들었다. 오류를 찾아낸 시험지가 그 뭉치에 섞여 있을 터였다. 여자가 다가오더니 구은열의 등을 후려쳤다.

"불 붙으라고 고사 지내는 거예요? 이걸 들고 나가겠다는 사람이 어디 있어?"

아주머니는 시험지 뭉치를 빼앗아 싱크대 개수대에 던져버렸다.

"하여튼 여기 제정신 아닌 사람 많아."

여자가 고개를 저으며 황급히 방을 나갔다. 구은열이 싱크대 개수대 안에 던져진 시험지 뭉치를 두 손으로 뒤적거렸다. 개수대의 물기에 시험지가 젖기 시작하자 손끝이 떨렸고 이내 화가 났다. 물기로 붙어버린 시험지 두 장을 떼어내자 빨간 잉크가 묻은 시험지를 발견했다. 알아볼 수 없게 번져버렸지만 그것이 자신이 오류를 찾아낸 시험지라는 걸 확신했다. 기어이 찾아낸 그 한 장을 한 손에 꼭 쥐었다. 복도로 나오자 매캐한 냄새가 목구멍을 타고 속 깊은 곳으로 파고들어 갔다.

주차장 공터는 사람들로 꽉 찼다. 건물 뒷산에서 불이 무섭게 번지는 중이었다. 건물로 옮기기 전까지 진화해야 할 일이었다. 정문 밖에 소방차가 소리를 내며 대기 중이었다. 그동안 피를 쏟는 심정으로 완성한 점독 영상을 챙기지 못했다는 걸 깨달았다. 다시 올라가서 챙겨올까, 그런 생각을 할 때였다. 한 사람이 뒤늦게 건물에서 나왔다. 보안 요원의 부축을 받으며 나오기에 더더욱 눈에 띄었다. 구은열은 자신이 잘못 봤다고 생각했다. 그때 출제자 명찰을 목에 건 남자가 목소리를 높였다.

"최리사다."

정말 최리사였다. 출장 전날 구은열에게 회의를 하자고 문자를 보낸 사람 말이다. 지금 구은열을 대신해 대학의 일을 수습하고 있어야 할 최리사가 두 팔을 허리춤에 올리고 건물을 노려보았다. 그녀의 목에도 명찰이 없었다. 명찰이 없는 사람은 구은열 단 한 사람뿐이라고 했다.

"믿을 만한 사람 누가 더 있다고 생각해봐요. 긴장 풀어집니다."

위원장의 말이 머릿속을 울렸다. 구은열의 머리가 멍해졌다.

출제자의 의도를 전혀 파악할 수 없는 난해한 문제 속에서 허우적대는 기분이었다. 출제자가 누군지 몰라도 시험당하고 있는 건 분명했다. 잠을 제대로 못 잔 탓일까. 사람들의 말이 꿈결처럼 들렸다.

"명단에 최리사가 없어서 웬일로 안 왔나 했는데, 어떻게 된 거야?"

구은열은 고개를 들어 건물의 층수를 세어보았다. 8층이 아니라 9층이었다. 눈을 비비고 다시 층수를 셌을 때는 심지어 10층이었다. 손에 쥔 시험지를 세게 쥐었다. 고개를 뒤로 젖혀 하늘을 바라보았다. 하늘이 헝겊처럼 한 꺼풀 벗겨지면 누군가가 조감하듯 자신을 바라보고 있을 것만 같았다. 그 누군가의 머리 위 허공을 긴 막대로 누르면 다시 한 겹 헝겊이 벗겨지고, 다시 그 위로 한 겹, 또 한 겹······.

구은열은 이 순간 자신이 몸담은 세계가 한 평이 채 안 되는 엘리베이터처럼 좁게 느껴졌다. 사방의 거울이 중첩되어 끝을 향해 깊숙해지고 좁아지는 어두운 공간이 보였다. 그 속에는 숨겨진 방에서 웅크린 채 시험을 치르는 누군가 있었다. 그 누군가는 다름 아닌 구은열 자신이었다. 그 방이, 이 시험이 무엇을 의미하는지 전혀 알지 못하는 수백 개의 자신이 끝이 어딘지 모르는 소실점을 향해 작아지고 또 작아지는 중이었다. 구은열의 눈앞이 아득해졌다.

"시험은 없어져야 해. 사람을 우스꽝스럽게 만들잖아."

아내의 목소리가 어디선가 들리는 것 같았다. 아내가 보고 싶다. 구은열이 아내에게 속삭인다.

"자기야, 시험은 없어지지 않을 것 같아."

아내가 심드렁하게 묻는다.

"왜 그렇게 생각하는데?"

점독을 할 때보다 더 작은 목소리로 답한다.

"이 세상 자체가 시험이기 때문이야."

정신은 더 아득해졌다. 이게 다 잠을 못 잔 탓이다. 자신의 몸은 계속 작아지는 것 같다. 개미처럼 작아져 누군가의 발에 밟힐 것만 같아 구은열은 두려웠다.

출제자들의 목소리가 허공을 떠돌았다.

"정문 열리는 순간 끝이라며."

"출장 연장되는 거 아니야? 나, 더는 못 내, 절대."

보안 매뉴얼에 따르면 업무와 관련 없는 외부인이 들어오는 순간, 이곳에서 만들어진 문제는 휴지 조각이었다. 출제장 정문 앞에 서 있는 소방차들의 불쾌한 소리가 더 커졌다. 출제 본부의 결정권자들이 소방차와 산을 번갈아 보며 머리를 쓸어 올렸다. 사람들은 점점 술렁였다.

"아!"

사람들이 한꺼번에 탄식했다. 바람이 불자 뒷산을 맹렬하게 태우던 불이 콘도 뒤편에 있던 정원의 둥근 관목에 붙어버리고

말았다. 저 멀리서 상공을 선회하던 헬기가 콘도 쪽으로 움직이
자 출제장의 문이 열렸다. 붉고 거대한 소방차가 안으로 전진하
기 시작했다. 좆됐네. 누군가 낮게 읊조렸다.

'2'라는 숫자는 긴장감과 신비함을 품고 있다. '1'과는 확실히 다르다. 앤솔러지 테마를 들었을 때, 흥미로웠던 건 '2' 자체가 가지고 있는 그 특유의 느낌, 매력 덕분이었을 것이다. 그 긴장감과 신비로움. 보이지 않음. 숨김. 그런 이미지들이 소설을 구상하는 내내 머릿속을 떠다녔다.

여러 형태로 머릿속을 떠돌던 '2'는 하나의 이야기로 뼈가 맞춰지고 살이 붙었다. 보이는 세계를 움직이는 보이지 않는 방. 그 보이지 않는 방도 또 다른 제2의 방에서 통제하고 있는 이야기로 말이다.

부디 누군가에게 이 이야기가 가닿기를 바란다. 조금 더 욕심을 내보자면, 재미있게 가닿았으면 한다.

코너스툴

김혜나

| 일러두기 |

'코너스툴'은 2018년부터 2021년까지 운영된 동두천 책방 이름을 인용했음을 밝힙니다.

너는 나를 기억하지 못하겠지. 나도 너를 기억하지 못했어. 너를 다시 만나기 전까지 너와 네 가족들에 대한 기억을 잊으려고 노력해왔으니까. 내가 의도적으로 그 기억을 지우려 했던 것에 반해 너는 그저 자연스레 나를 잊었겠지. 나로서는 그것이 딱히 서운하거나 억울하지는 않았어. 그때의 너는 단지 어렸을 뿐이니까 말이야.

내가 너를 처음 보았을 때 너는 겨우 여섯 살이었어. 그러니 20년의 시간이 지나 스물여섯 살이 된 네가 나를 기억하지 못하는 것은 사실 당연한 일이지. 어렸을 적의 네가 낯선 사람에게 보이는 적의를 품은 채 나에게 인사조차 하지 않으려 하던 게 기억나. 네 엄마가 너를 붙잡고 "예지야, 인사해. 오진 아줌마야"라고 말했음에도 너는 내처 고개를 저으며 불편한 신음을 내뱉었어. 너는 마치 보기 흉한 동물을 마주치기라도 한 것처럼 나를 쳐다보려 하지도 않고 네 엄마의 품으로만 파고들었어. 엄마와 딸…… 아주 똑같구나, 라고 속으로 생각하며 나는 너를 들여다보았지. 그래도 나는 너와 네 가족에게 좋은 사람으로 다가가고 싶었어. 그래서 나를 외면하고 무시하는 너를 보면서도 내 안의 불쾌함을 억누른 채 "예지, 안녕? 만나서 반가워"라는 인사를 건넸어. 너는 대답하지 않고 종내에는 고개마저 홱 돌린 채 네 엄마에게 달라붙어 버렸어.

그때 너의 태도뿐 아니라 외모까지도 정확하게 기억이 나. 솔직히 너는 아주 예쁜 아이는 아니었지. 그렇다고 어딘가 못나거나 부족한 인상도 아니었어. 너는 그저 평범한 인상을 가진 아이였어. 외꺼풀의 기다란 눈, 낮고 뭉툭한 콧망울, 안으로 얇게 오므라진 입술, 밝지도 어둡지도 않은 피부색이 그저 평범한 인상 그 이상도 이하도 아니라고 생각했어. 그것이 나에게는 아쉬운 감정을 가지게 만들었어. 왜냐하면 네 엄마는 누가 보아도 '예쁘다'라는 말이 절로 나올 만큼 커다란 눈에 오뚝한 콧날, 바깥으로 뒤집힌 두툼한 입술을 가진 미인형 얼굴이었으니까 말이야. 네 얼굴을 보고 있던 나에게 네 엄마가 한 말이 기억나는구나.

"우리 호산 씨랑 똑같이 생겼죠?"

네 엄마는 나에게 그렇게 물었어. 물음보다는 강요에 가까운

김혜나

말투였지. 나는 당연히 "네, 그러네요"라고 대답해야 할 입장이었지만 끝까지 아무 대답도 하지 않았어. 아무리 네 얼굴을 보고 또 보아도 네 아빠 박호산 씨와 닮았다는 생각이 조금도 들지 않았거든. 물론 네 엄마와 아빠 둘 중에서 너와 닮은 사람을 꼽으라면 아무래도 아빠에 가까운 인상이 맞겠지. 그러나 네 얼굴을 찬찬히 뜯어보면 볼수록 나는 네가 누구를 닮은 것인지 알 수 없었어. 너의 눈, 코, 입 모양이 네 아빠 박호산 씨와 닮아 보이긴 했지만 얼굴형이나 전체적인 인상은 어느 누구도 닮지 않은 걸로만 보였어. 박호산 씨가 안경을 쓰고, 이른 나이에 머리카락이 하얗게 세어 본래의 인상을 알아보기 어려운 까닭도 없지 않아 있겠지.

이틀 전, 성인이 된 너를 다시 만나던 순간에 나는 그 아이가 너일 거라고는 생각하지 못했어. 네 얼굴 어디에도 여섯 살 때 모습이 남지 않았음은 물론이고 그 자리에 네가 나타날 거라고도 예상하지 못했기 때문이야. 우리가 함께 참여한 《여성의 몸 여성의 지혜》라는 제목의 단편소설 앤솔러지를 기획한 사람은 그동안 내 책을 출간해온 출판사의 편집장이었어. 그 편집장은 여성 작가로만 이루어진 소설집을 내고 싶다며 20대부터 60대까지 총 여섯 명의 여자 소설가를 섭외했어. 나는 그중 40대 작가였고, 너는 가장 어린 20대 작가였지. 그 앤솔러지 청탁을 받기 이전부터 나는 너의 필명을 알고 있었어. 너는 문예지 신인상을 받으며 등단해 지속적으로 작품을 발표해왔고, 네가 발표하는 작품마다 그 문예지 출신의 평론가들이 적극적으로 평가해주었어. 성별, 세대, 시공간은 물론 현실과 환상의 경계를 자유자재로 넘나들며 이어지는 너의 서사는 문학 독자와 평론가, 출판업자들까지 단번에 사로잡았지. 등단 2년 만에 펴낸 너의 첫 소설집이 무려 20만 부나 팔린 베스트셀러가 되었으니, 소설을 쓰는 사람들 중에 지금 이 시대 젊은 작가 장예지를 모르는 이는 아마도 없을 거야. 그러니까 나는, 소설가 장예지와 그가 쓴 소설을 알고는 있지만, 네가 20년 전에 본 그 아이일 거라고는 상상할 수 없었어. 당연하지 않니? 어떻게 그 두 사람이 연결될 수 있겠니? 무엇보다도 너의 성은 '장'이 아닌 '박'이잖니. 장예지가 아닌 박예지, 그게 네 이름이었어.

네 이름과 외모도 그렇지만 나로서는 네가 소설가가 됐을 거라고 추측할 수 없었어. 네가 아는지 모르지만 소설가는 네 아빠의 꿈이었거든. 책과 문학을 사랑해 책방까지 운영하던 네 아빠의 영향을 받아 너 또한 소설가의 꿈을 키우게 된 것인가 싶지만, 글쎄, 상상이 되지 않는구나. 내가 본 어린 시절의 네 행동이나 성격은 그저 네 엄마와 똑 닮아 있었거든. 네 엄마는 너를 딸보다는 마치 자기 자신으로 대하는 것 같았지. 길게 기른 머리카락을 가닥가닥 나누어 땋아 위로 한껏 틀어 올린 모양새라든지, 자신과 같은 디자인의 옷을 구입해서 입히고 네 입술에 분홍색

김혜나

보호 크림을 발라놓은 것이라든지, 또 과도한 액세서리로 치장한 것 등을 보면 모든 것이 그저 네 엄마의 취향으로만 보였어. 물론 너도 너 자신을 꾸미고 드러내기를 즐기는 것처럼 보이긴 했어. 그래서 네가 나중에 크면 네 엄마와 같은 의류 모델이 되거나 의류업에 종사하지 않을까 싶었지. 설마 네가 아빠의 영향을 받아 소설을 가까이하거나 글 쓰는 사람이 될 줄은 꿈에도 몰랐어.

그날, 우리의 앤솔러지 출간 기념을 위해 참여 작가들과 출판사 편집자들, 영업부 사원들과 만난 식사 자리에서 너는 스스럼없이 네 이야기를 늘어놓았어. 그중 네 아빠가 동두천에서 동네 책방을 운영하고 있다는 이야기를 할 때 나는 손에 쥐고 있던 젓가락을 내려놓고 너를 똑바로 쳐다봤어. 너는 문청이던 네 아빠를 따라 자연스레 작가의 꿈을 키우게 됐다고 말했어. 마치 네가 성장하는 내내 문학적인 환경 속에서만 자라온 것처럼 말하더구나. 동두천의 책방이라는 말에 설마, 설마 하는 마음으로 너의 얼굴 생김새를 찬찬히 뜯어보고 있을 때, 내 옆에 있던 편집자가 너에게 물었어. 아버지가 운영하는 책방 이름이 뭐냐고. 네가 "코너스툴이요"라고 대답하는 순간 심장이 내려앉고 눈이 크게 떠졌어. 식탁 아래로 내려놓은 손이 덜덜 떨렸고, 그 모습을 누구에게도 들키지 않으려고 무던히도 애를 썼어. 내 맞은편에 앉은 소설가가 연이어 너에게 물었지.

"코너스툴이요? 어쩐지 책방 이름 같지가 않네요."

"그렇죠? 저희 아빠가 좋아하는 소설에서 따온 이름이라고
해요."

"아, 어떤 소설이요?"

"소설 제목이 아니라 소설 속에 언급되는 내용이라고 했는데,
제목은 기억이 안 나네요."

너는 금세 화제를 다른 곳으로 돌려 최근의 이슈들을 계속 이
야기해 나갔어. 스타 작가답게 너는 아는 것도 많고 하고 싶은
말도 많은 듯 보이더구나. 대중 강연이나 티브이 예능 프로그램
에 나가더라도 주눅 들지 않고 자유자재로 이야기할 수 있는 사
람이겠다 싶었어. 나는 그러지 못했지. 물론 나도 하고 싶은 이
야기가 있지만 사람들 앞에서는 말문이 잘 트이지 않았어. 누군
가에게 하고 싶은 말이 생겨도 상대방이 내 말에 어떻게 반응할
지 고민해보느라 말이 좀체 나오지 않는 거야. 사람들과 시간을
보내고 돌아온 날마다 미처 다 꺼내지 못한 이야기를 써나가는
게 어린 시절부터 습관이 됐지. 나에게 글은 말보다 훨씬 편하고
차분하게 다가와 글을 쓸 때면 어떤 이야기든 쏟아낼 수 있었어.
어쩌면 그것이 내가 작가가 된 이유 중 하나이기도 하겠지.

쉴 새 없이 이야기하는 너를 바라보며 나는 네가 기억하지 못
하는 그 소설의 제목을 떠올리고 있었어. 나는 그 제목을 알고
있지만 그 자리에서는 아무 말 하지 않았어. 화제는 이미 지나갔

김혜나

고, 아무도 그 소설에 대해 더 이상 묻지 않았으니까. 나는 태연한 체하며 식사를 마쳤고, 자리를 파한 뒤 2차로 가자는 맥줏집에 가지 않고 곧장 집으로 돌아왔어. 나는 너에게 무언가 말하고 싶고 말해야 했지만, 그 순간 그곳에서는 어떤 말을 어떻게 해야할지 알 수 없었어. 나에게는 네 엄마와 아빠, 그리고 그날의 일에 대해서 돌아볼 시간이 필요했어. 그래서 나는 사람들 틈에 둘러싸여 있던 너에게 일부러 인사하지 않고 조용히 집으로 돌아와 너에게 말하지 못한 이야기를 쓰기로 했어.

올해가 2022년이고 코너스툴에 처음 갔던 때가 2000년도니까, 딱 22년 전이구나. 그때 나는 지금의 네 나이와 비슷한 스물여덟 살의 젊은 소설가였어. 그런 나에게 '코너스툴'에 대해서 설명해준 사람은 바로 네 아빠였어. 그래, 이틀 전 식사 자리에 함께한 소설가들이 말한 것처럼 나 또한 코너스툴에 처음 갔을 때 책방 이름이 특이하다고 생각했어. 책을 파는 곳의 상호라면 대개 책방, 문고, 서점, 서림이라는 단어들이 들어가게 마련인데 그곳은 그렇지 않았으니까. 스툴은 등받이와 손잡이가 없는 서양식 의자이고 나는 그 위에 장식품 등속을 올려두는 모습을 자주 보았기에 스툴 위에 책을 쌓아놓은 이미지를 떠올리며 네 아빠에게 물었어. 무슨 의미로 코너스툴이라는 이름을 지었느냐고. 네 아빠는 머뭇거리더니 마치 옹알이하듯 대답했어.

"책 속에서 답 같은 건 찾을 수 없어도 마음에 오래가는 단어나 문장 하나 정도는 만나곤 하거든요. '코너스툴'은 그렇게 만난 단어 중 하나였어요. 제가 캐나다에서 대학원을 다니다가 마지막 학기를 남겨두고 한국에 와서 아무것도 못하고 지냈거든요. 그때 우연히 동인문학상 수상 작품집을 읽었어요. 98년도 작품집이었고, 책을 펴자마자 나오는 수상작 도입부에 코너스툴에 대한 설명이 나와요. 권투 선수가 링 위에서 싸우다가 3분이 지나면 세컨드가 기다리는 구석 자리의 코너스툴로 돌아간다고요. 권투 선수가 아닌 그 인물에게도 그런 구석 자리가 있다고 해서……."

나도 물론 그 소설을 읽은 적 있었어. 그것은 이윤기 소설가의 중편소설《직선과 곡선 – 숨은 그림 찾기 1》이라는 제목이었어. 그 제목은 분명히 기억났지만 코너스툴에 대한 설명이나 묘사 같은 것은 떠오르지 않았어. 소설 속 화자가 자신이 머물던 호텔의 사장과 겪은 갈등만 생생히 기억나더구나. 마치 내가 똥간에 빠지기라도 한 것처럼 더러운 기분이 가시지 않았거든. 내가 그 소설의 내용을 복기해보는 동안 네 아빠가 다시 웅얼웅얼 말을 이었어.

"자퇴한 뒤에는 아무거나 손에 잡히는 무엇을 읽어도 그것이 돈 버는 일이 아니었기에 즐거웠어요. 낭비가 허락된 시간이었죠. 위태롭지 않았기에 기적 같은 책은 만나지 못했고, 다만 '코너스툴' 같은 단어나 문장 조각만이 남았어요. 책방을 열어야 하

김혜나

니 책방 이름을 지어야 했고, 가장 먼저 떠오른 단어가 '코너스 툴'이었어요.* 삶은 누구에게나 링이나 마찬가지잖아요. 우리는 비록 링에서 싸우듯이 살아가고 있지만, 잠깐씩 앉아 쉬어갈 구석 자리가 필요하죠. 사람들에게 이 서점이 그런 자리가 됐으면 해서 지은 이름이에요."

권투 선수의 싸움터인 링, 그 구석 자리에 놓인 코너스툴……. 네 아빠의 말대로라면 그의 링은 바로 그가 일하고 있는 책방일 텐데, 그렇다면 이곳 어디에 그를 위한 구석 자리가 있을까, 하는 의문이 떠올랐어.

동두천 책방 코너스툴에 찾아가게 된 것은 그 당시 내 책을 만들어준 편집자 덕분이었어. 소설가로서 나는 운이 아주 나쁜 편은 아니었지. 대학을 졸업하던 해에 신문사 신춘문예에 단편 소설이 당선되어 등단했고, 꾸준히 청탁이 이어지고 평론가들의 평가도 제법 이루어진 덕분에 2년 뒤에 첫 소설집을 낼 수 있었어. 소설가로서는 좋은 출발이었고, 다들 나에게 대단하다고 말하며 부러워했어. 하지만 신인 소설가의 첫 소설집이 베스트셀러가 되어 대중들에게 알려질 일은 거의 없었어. 나보다 더 운이 좋은 작가들은 첫 소설집부터 문단의 주목을 받고 문학상을 받으며 이름을 알리기도 하지만 나는 그 정도로 운이 좋지는 않

---

*김성은, 《어느 날 갑자기, 책방을》(책과이음), 38~40쪽의 내용을 인용.

앉아. 첫 책은 1쇄를 겨우 팔아치우고 예술가재단의 지원을 받아 2쇄까지 찍을 수 있었지. 그것만으로도 대단한 성과라고 볼 수 있었고, 나 또한 그 현실을 감사하게 받아들였어.

애초에 나는 소설가로서 야망을 크게 가지고 있지는 않았어. 그러니까 나는 너처럼 대중과 문단의 사랑을 동시에 받으며 성장해나가는 스타 작가가 되리라고 꿈꾸지는 않았단다. 나는 그저 내가 쓰고 싶은 소설을 꾸준히 쓸 수 있도록 누군가 나에게 발표 지면을 내어주고 작품을 계속 출간해주기만 하면 충분하다고 여겼어. 내가 노력할 수 있는 부분은 딱 거기까지가 아니겠니? 내 책이 문학상을 수상하거나 베스트셀러가 되어 유명세와 경제력까지 갖추는 일들은 나의 노력과 무관하게 다가왔고, 내가 노력한다고 해서 이루어질 일도 아닌 것만 같았어. 그러나 이 문단과 출판계에서 내가 원하는 만큼의 자리를 차지하는 것만도 얼마나 어렵고 처절한 일인지 그때는 미처 알지 못했어.

첫 번째 소설집을 출간하고 난 뒤 원고 청탁이 좀 더 많아지는 시기가 있기는 했어. 나는 문단에서 도태되지 않기 위해 성실히 단편소설을 써나갔고 매 순간 최선을 다했지만, 성과는 내가 예측할 수 없는 영역이었어. 왜 청탁이 줄어드는지, 왜 책을 내기 어려운지 알지 못한 채 나는 그저 소설을 써나갔어. 나만 잘하면, 작품만 좋으면 다들 나를 알아봐주고 지원해주리라는 막연한 믿음을 붙든 채로 말이야.

김혜나

첫 번째 소설집이 문학상을 받거나 베스트셀러가 되지 못했기 때문일까? 두 번째 소설집을 내는 건 너무도 어려운 일이었어. 첫 책을 냈던 출판사에 소설집 원고를 보냈지만 두 달간 아무 답이 없더구나. 다른 출판사에도 원고를 보내 출간 여부를 물었으나 아무도 나에게 답장하지 않았어. 그 일이 왜 그토록 상처가 되는지 이유도 알지 못한 채 나는 괴로워했어. 결국 첫 책을 냈던 출판사 대표를 직접 찾아가 책을 꼭 내고 싶다고 사정한 끝에 내 원고를 다시 검토해보겠다는 답변을 받아 돌아왔어. 그러고도 두 달이나 더 기다린 뒤에야 출판사로부터 연락이 왔는데, 내가 찾아간 곳이 아닌 다른 회사였어. 그곳의 편집자는 내 원고를 이제야 읽었고, 출간 계약을 하고 싶다고 말했어. 소설이 대체 뭐라고, 그 연락 하나로 온 세상이 내 것인 양 기쁘기만 했단다.

그렇게 두 번째 소설집의 원고 교정과 편집 작업을 마친 뒤 책이 출간되기 직전 담당 편집자로부터 연락을 받았어. 종로에 있는 서점에서 내 책이 출간되는 시기에 맞춰 나에게 강연을 요청했다는 거야. 그 서점에서는 매달 국내 문학 작가를 한 명씩 선정해 강연 프로그램을 이어오고 있는데, 다음 달 강연자로 나를 선정해도 되겠느냐고 물었어. 나는 무척 기뻤지. 나보다 앞서 그 서점에서 강연한 작가들 모두 내가 동경하고 좋아하는 분들이었거든. 그 강연자 목록에 내가 추가된다는 사실만으로 뭔가 이뤄낸 것처럼 뿌듯하더구나. 드디어 나도 누군가로부터 인정 받는 듯했어. 누군가 내 작품을 읽어주고 알아주는 것만큼 행복 한 일이 작가에게 또 있겠니? 나는 당연히 강연을 할 수 있다고 대답하고 내가 쓴 소설을 토대로 강연 자료를 만들어나갔어.

　그로부터 이틀 뒤, 담당 편집자에게 다시 연락이 왔어. 미안 하지만 그 서점에서 강연자 선정에 혼선이 있었다며 내달 섭외 작가가 겹치는 바람에 내 순서를 내년으로 미뤄야 할 것 같다고 했어. 왜일까? 그 말을 듣는 순간 나는 편집자가 거짓말을 하는 거라고 생각했어. 어쩌면 편집자가 아니라 서점 측에서 그렇게 둘러댔을지도 모르지. 애초에 내 편집자가 서점 측에 나를 추천 해 구두로 선정해두었다가 다시 검토해보니 내가 너무 무명작 가라서 강연을 맡길 수 없다고 판단한 것 같았어. 그래서 좀 더 인지도 있는 작가를 섭외하고자 내 강연 일정을 취소했을 거라 는 의구심이 들었지. 어쩌겠니. 그들이 그렇게 결정하고 통보한 것을. 지금의 나라면 이런 식의 실수와 착오가 생길 수도 있다고 여기며 흘려버릴지 모르지만, 그때의 나는 그러지 않았어. 마음 깊이 분하고 서러운 감정이 남아 사라지질 않더구나. 편집자에 게는 알았다고, 전해줘서 고맙다고 대답하며 전화를 끊고 한 시 간이 넘도록 눈물을 쏟아냈어. 당연한 얘기지만 그 서점에서는 해가 지나도록 다시 연락이 오지 않았어. 22년이 지난 지금까지 도 말이야.

김혜나

그 일로 담당 편집자 또한 나에게 미안한 마음이 남은 모양이었어. 내 책이 출간되고 서너 달이 지난 뒤 편집자의 전화를 받아보니 동두천에 있는 동네책방에서 소설 창작 강연을 해줄 수 있느냐고 묻더구나. 차가 없는 나로서는 대중교통으로 가기에 불편한 곳이었고, 강연료도 20만 원 정도로 너무 약소하지만 나에게 먼저 의견을 구하고 싶다며 연락한 거였어. 지난번 종로의 서점 일로 내가 상처받았다는 사실을 편집자도 눈치챈 것 같았고, 그래서 어떻게든 나를 챙기려는 듯한 인상이었어. 그런 편집자의 마음이 고마워 나는 동두천이 어디인지, 어떻게 가야 하는지 살펴보지도 않고 바로 좋다고 했어.

강연 날이 되어 의정부역으로 향하는 지하철을 탔어. 미리 열차 시간표를 확인해 일찌감치 나서다 보니 왠지 모르게 긴장이 됐지. 태어나 한 번도 가본 적 없는 도시의 책방을 상상하니 처음 보는 작가의 소설책을 집어 들 때처럼 묘한 흥분과 긴장이 일었어. 그곳에서는 과연 어떤 인물이 어떤 사건을 일으킬까? 아직은 알 수 없고 볼 수 없는 세계 속으로 열차가 느릿하게 달려 나갔어. 청량리역을 지날 즈음부터는 정말이지 다른 세계로 나아가는 듯했어. 서울 강서 지역의 외진 동네에 살다 보니 동대문 너머로는 거의 가 본 적 없어서 더욱 그런 느낌이었을지도 모르겠구나.

의정부역에 도착해 출구를 찾아 나가니 수도권 지역의 도시

풍경이 나타났어. 나는 미리 알아본 버스 정류장을 찾아가 동두천으로 향하는 버스로 갈아탔지. 낯선 도시의 풍경 속 어딘가 모르게 낯익은 구석이 있었어. 예전에 가본 적 있는 안산이나 인천의 풍경이 떠오르기도 하더구나.

이내 동두천에 도착해 키 작은 건물들 사이에서 책방 간판을 찾아보았어. 나는 편집자가 일러준 대로 건물 1층에 있다는 햇살부동산 간판을 먼저 확인했어. 그리고 부동산 출입문 옆으로 나 있는 건물 출입구로 들어갔지. 그곳 복도 안쪽에 상점 안내판들이 죽 붙어 있었어. 그중 '코너스툴'은 어디 있을까, 하며 들여다보다가 나도 모르게 미소 지었어. 새하얀 종이 위에 정갈한 손글씨로 '코너스툴'이라고 적은 뒤 비닐 테이프로 안내판을 붙여놓은 모양새가 어딘가 모르게 따스한 인상을 주는 까닭이었어.

나는 코너스툴이 자리한 4층으로 올라가 복도를 따라 죽 걸었어. 하지만 4층에는 책방이 보이지 않았어. 분명 4층이라고 들었는데 뭐가 잘못된 거지, 하며 복도를 뱅뱅 돌다 보니 복도 중간에 또 다른 복도로 갈 수 있는 통로가 나왔어. 나는 마치 소설 속의 소설처럼 보이는 책방의 유리문을 밀며 안으로 들어갔어.

책방에는 아무도 보이지 않았어. 예상했던 것보다는 커다란 규모의 공간에 수많은 책들이 자리 잡고 있는 모습이 눈에 먼저 들어왔어. 이곳에는 어떤 책들이 있을까, 하며 둘러보는 사이 책장 한쪽 구석에서 자그마한 키에 비쩍 마른 체형의 남자가 불쑥

김혜나

튀어나왔어. 나이가 많아 보이지는 않지만 새치가 많아 어쩐지 회색으로 물들인 것 같은 그 남자의 머리카락을 나는 멀거니 바라보았어.

우리는 한동안 머뭇거리다가 부끄러운 표정과 쑥스러운 말투로 인사를 나누었어. 내가 이오진 소설가라고 밝히자 남자는 자그마한 목소리로 "뵙게 되어 영광입니다, 작가님. 저는 책방지기 박호산입니다"라고 말했어. 그가 커피나 차를 드시겠느냐고 묻는 목소리에 가느다란 떨림이 느껴졌어. 나는 잠시 망설이다가 따뜻한 커피가 좋을 것 같다고 대답하고 서점 안쪽의 구석진 자리로 들어갔어. 그 안에는 모임을 위해 마련해둔 기다란 책상과 의자들이 줄지어 있고, 그보다 더 안쪽에는 작은 탁자와 소파가 하나씩 놓여 있었어. 그 탁자와 소파가 놓인 곳은 마치 단 한 사람을 위해 마련해둔 글쓰기 방처럼 안온해 보였어. 자기만의 방을 노래하던 버지니아 울프가 앉아 글을 쓰는 듯한 환영이 스쳐 지나가더구나.

서점 구석구석을 천천히 둘러보는 사이 이곳은 '소설스러운' 공간이 아니라 이 공간 자체가 '소설'이라는 생각이 들었어. 이 공간의 모든 자리에 책을 사랑하는 이의 손길이 닿아 있다는 것도 알아차릴 수 있었어. 말하지 않아도 알 수 있고 보여주지 않아도 볼 수 있는 것들이 바로 그곳에 켜켜이 쌓여 있었으니까.

이내 박호산 씨가 커피 잔을 들고 나에게 다가왔어. 그는 잔을 탁자 위에 두고 또다시 예의 그 자그마한 목소리로 "소설 정말 잘 읽었습니다, 작가님"이라고 말했어. 나는 뭐라고 답해야 할지 모르겠어서 그저 가만히 미소 지었어. 누군가 내 소설을 읽었다는 사실과 나를 알고 있다는 사실이 마냥 신기하면서도 어색했어. "제 소설을 원래 알고 계셨어요?"라고 묻자 그는 얼굴을 붉히며 "그렇지는 않았고, 이번에 작가님 출판사의 편집자가 추천해줘서 알게 됐어요"라고 대답했어. 내 편집자에게 다시 한번 고맙고 미안한 마음이 들었어. 지난번 종로의 서점 일로 편집자 또한 나에게 부채감 비슷한 감정을 가지고 있는 게 아닐까 싶어서 말이야.

곧 하나둘 모여드는 책방 회원들과 함께 책상 앞에 빙 둘러앉아 한 시간여의 소설 창작 강연을 이어갔어. 그리고 그분들이 전날부터 모여 미리 작성해둔 질문을 토대로 계속 이야기 나누었어. 그렇게 둘러앉아 대화하며 나는 그곳에 모인 사람들이 도서관 사서, 지역문화 활동가, 번역가, 군복무 중인 군인들 및 인근 주민들이라는 사실을 알게 되었어. 그분들이 품고 있는 동두천 지역의 문화와 책방에 대한 열정도 고스란히 느껴졌고.

지난 20여 년간의 작가 생활을 돌이켜보니 작가로서 그보다 더 행복한 순간이 없었단다. 열 명 내외의 적은 인원이었지만 그들 모두가 내 책을 꼼꼼히 읽어왔기에 대화가 끊임없이 이어졌어. 내 소설, 내 이야기 그리고 내 존재가 무한히 빛나는 모습을

김혜나

내 눈으로 직접 마주할 수 있었어.

　강연을 마치고 나서 참석자들이 사온 책에 일일이 사인을 해주고 기념사진까지 찍고 난 뒤 서점을 나서려는 나에게 박호산씨가 선물 봉투를 내밀었어. 나는 그것을 조심스레 받아 들고 서점 밖으로 나와 의정부로 향하는 버스에 몸을 실었어. 버스 맨뒷자리에 앉아 그가 건네준 선물 봉투를 열어보았지. 직접 쓴 엽서 한 장, 소박하게 포장한 수제 과자와 유기농 사과주스가 들어 있었어. 나는 곧장 그가 쓴 엽서부터 읽어 내려갔어. 서울에서 멀리 떨어진 도시의 작은 책방까지 친히 방문해주어서 감사하다는 말, 별것은 아니지만 귀갓길에 드시면 좋겠다는 안내, 기회가 된다면 좋은 자리에서 다시 뵙기를 바란다는 내용이 적혀 있었어. 나는 다 읽고 난 엽서를 그대로 가슴팍에 가져다 대고는 한동안 가만히 숨을 골랐어. 무언가 생각하고 일부러 그렇게 한 것이 아니라, 자연히 그렇게 되었어. 그 안에 담긴 내용이 행여나 흩어질까, 사라질까, 지워질까 싶어 어떻게든 가슴 깊숙이 담아두고 싶었어.

　집으로 돌아와 박호산 씨에게 휴대전화 메시지를 보냈어. 오늘 나를 초대해줘서 감사하다고, 덕분에 내가 더 좋은 기운을 얻어서 왔다고, 언젠가 좋은 인연으로 다시 만나기를 바란다고 적었지. 그는 바로 답장을 해왔어. 먼 곳까지 자리해줘서 감사하다고, 오가느라 피곤할 텐데 부디 잘 돌아가서 푹 쉬기를 바란다고 적혀 있었어. 나는 이 모든 순간에 그저 감사함을 느꼈어. 그래, 정말로 감사했어. 그동안 무명작가로 살아온 서러움 같은 것이 조금도 떠오르지 않았어. 그날만큼은 내가 이 세상에서 가장 귀하게 빛나는 작가라는 사실만이 한가득 떠올랐지.

박호산 씨에게 다시 연락이 온 것은 그로부터 사흘 정도 지나서였어. 휴대전화 문자로 받은 짧막한 내용인데도 그가 얼마나 신중을 기하며 조심스레 적어 내려갔는지 또렷이 느껴졌어. 그날은 잘 돌아갔느냐고, 덕분에 회원들 모두 따듯한 시간을 보냈다고, 혹시 시간 날 때 잠시 통화할 수 있느냐는 내용이었어. 내가 언제든 전화해달라고 답하자, 그가 바로 전화를 걸어왔어. 나는 그가 그날의 행사 혹은 강연료에 대한 사무적인 이야기를 할거라 예상했어. 그러나 한참을 머뭇거리던 그는 이틀 뒤 서울에 갈 일이 있는데 잠시 만날 수 있느냐고 물었어. 나는 무슨 일인지 궁금했지만 굳이 묻지 않고 그러자고 했어. 그를 만나면 자연히 알게 될 내용일 테니 미리 물어볼 필요가 없기도 했지. 박호산 씨 또한 전화 통화보다는 직접 만나 이야기하고 싶기에 그렇게 묻는 거겠지, 하면서 말이야.

그를 만나기 위해 종로3가로 나갔어. 그가 우리 집 근처 지하철역으로 오겠다고 했지만 동두천에서 서울 강서 지역까지 오기에는 너무 먼 거리였어. 그래서 내가 지하철을 타고 종로3가로 갈 테니 그 근처 카페에서 시간을 정해 만나자고 했어. 미리 약속한 카페로 들어서니 박호산 씨의 모습이 바로 보였어. 그는 카페의 가장 구석진 자리에 앉아 책을 읽고 있었어. 책에 얼마나 빠져들어 있는지 내가 가까이 다가갔는데도 전혀 눈치채지 못하더구나. 나는 그에게 아는 체하지 않고 그가 읽는 책의 표지를 바라보았어. 마이클 커닝햄의 장편소설《디 아워스(The Hours)》를 원서로 읽고 있더구나. 그로부터 4년 뒤인 2004년에 그 소설을 원작으로 한 헐리웃 영화가 개봉해 국내에도 많이 알려지긴 했지만 당시에는 그 책의 번역서가 출간되기도 전이라 나도 처음 보는 거였어. 내가 가까이 다가가 "안녕하세요"라고 인사하고 "이건 무슨 책이에요?"라고 묻자 그는 인사보다 대답을 먼저 했어.

"아, 마이클 커닝햄의 소설이고, 버지니아 울프의《댈러웨이 부인(Mrs. Dalloway)》을 오마주해서 쓴 작품이에요. 재작년에 퓰리처상을 수상했다고 해서 읽어보고 있어요."

내가 다시 "버지니아 울프 좋아하시나 봐요"라고 묻자 그는 "뭐, 그렇죠"라고 말하며 가볍게 웃었어. 그곳에서 나는 비엔나 커피를, 그는 블루마운틴커피를 주문했어. 그와는 여러 사람들 틈에 둘러싸인 채 마주한 게 전부여서 단둘이 보는 게 다소 어색하지 않을까 걱정스러웠어. 그러나 우리는 희한하게도 처음부터 대화가 잘 통했어. 요즘 읽고 있는 책부터 좋아하는 소설가와 시인, 철학자에 대한 이야기까지 쉴 틈 없이 이야기를 이어갔어. 마치 말에 굶주린 사람들처럼 혹은 오랫동안 이야기를 나누어 온 사람들처럼 말이야. 그렇게 이야기를 하는 사이에 커피가 동이 나버렸어. 그가 커피 대신 생수를 들이켜고 난 뒤 "사실은……"이라고 운을 떼더니 잠시 말을 아꼈어. 나는 그가 이제야 본론을 말하려나 싶어 가만히 그의 이야기에 귀 기울였어. 그는 이렇게 말하더구나.

"제 어릴 적 꿈이, 소설가였어요."

나는 아무 말도 하지 않았어. 그랬느냐는 말 외에 떠오르는 게 없는데 그렇게 말하고 싶지는 않았거든. 나는 그를 따라 생수를 들이켜고 난 뒤 그가 다시 말하기를 기다렸어. 그는 캐나다 매니토바대학교에서 철학을 공부했고, 그때 만난 강사 중 한 명이 문학에 열정을 가지던 모습이 인상 깊었다고 말했어. 이상하게 그 강사의 수업만 들으면 마음이 설레고 행복했다고. 그때부터 그에게도 문학과 관련된 일을 하고 싶다는 열망이 자라났고, 좀 더 정확하게는 소설가가 되고 싶다는 생각을 했다는 거야. 사흘 전 책방 강연에서 소설에 대해 이야기하는 내 모습과 대학생 때 본 그 강사가 겹쳐 보였다며, 그때의 열망이 되살아난다는 내용이었어. 그 말을 죽 듣고도 나는 "네"라는 말밖에 할 수 없었어. 그가 나에게 왜 이런 이야기를 하는지, 내가 어떤 대답을 해줘야 하는지 알 수 없었으니까.

그의 말은 결국, 그가 습작한 단편소설을 읽어줄 수 있느냐는

김혜나

거였어. 그는 사실 단편소설이라고 이름 붙이기도 뭐한 200자 원고지 10매에서 20매 사이의 플래시 픽션을 꽤 여러 편 써놨다고 했어. 나는 흔쾌히 그러겠다고 대답하고 미국 소설가 레이먼드 카버 또한 세탁소에서 일하며 짬짬이 시간 나는 대로 짧은 이야기만 쓰지 않았느냐고 너스레를 떨듯 말했어. 그러니 호산 선생님도 분명 좋은 작품을 썼을 것 같다고 덧붙였어. 그는 서사 창작 수업을 한 번도 들어본 적 없어 솔직히 자신 없지만, 자기가 쓴 소설을 나에게 보여주고 싶다고 말했어. 나는 그에게 이메일 주소를 적어주면서 원고 파일을 보내달라고 했어. 그러자 그는 직접 출력한 원고로 보내주고 싶다며 내 집 주소를 물었어. 그때만 해도 등기우편으로 원고를 주고받는 게 보편적이었고, 출력한 원고가 읽기에도 수월하기에 나는 흔쾌히 주소를 적어주었어.

박호산 씨하고는 그곳에서 바로 헤어졌어. 누가 먼저랄 것도 없이 종종 이렇게 시간을 내어 커피 마시며 이야기를 나누자고 했지. 그러곤 내가 지하철역까지 함께 가자고 했지만 그는 청계천 중고서점에 들러 절판된 책 좀 찾아봐야 한다며 나와 반대쪽으로 걸어갔어. 나는 홀로 지하철역으로 걸어가며 그가 참 편하고 따뜻한 사람이라는 생각을 했어.

그로부터 정확하게 사흘 뒤 그가 쓴 원고가 집으로 송달됐어. 예상보다 두툼하고 묵직한 봉투에 나는 조금 놀랐지. 책상 앞에 앉아 봉투에서 원고를 꺼내자 그가 직접 쓴 엽서가 먼저 나왔어.

이오진 작가님,
저의 졸고를 읽어주신다니, 마음 깊이 감사합니다.
작가님께 제 소설을 보여드릴 수 있어 기쁩니다.
읽어보시고 무슨 말이든 해주셔도 좋고, 아무 말 하지 않으셔도
괜찮습니다.
항상 건강, 건필하시길 기원합니다.

박호산 올림

나는 그가 쓴 엽서를 넘기고 곧바로 원고를 읽기 시작했어.
그가 말한 플래시 픽션이 족히 서른 편은 들어 있었어. 그런데
내가 보기에 그것은 소설보다는 시에 가까운 형태였어. 문장은
좋게 말하면 미학적이고 안 좋게 말하면 부정확했지. 그에게 레
이먼드 카버를 운운한 것이 민망할 지경이더구나. 작품을 읽을
수록 그에게는 소설 구조에 대한 인식이 없다는 것을 확인하게
될 뿐이어서 뭔가 해줄 수 있는 조언이 떠오르질 않았어. 어느
특정 부분을 고쳐서 해결될 문제가 아니라 플롯과 내러티브에
대한 체계적인 공부를 새로 시작해야지 않을까 싶었어. 나는 그
가 언급한 대로 아무 말 하지 않는 쪽이 낫겠다고 판단했어.

김혜나

그에게 해줄 수 있는 말이 떠오르지 않았기에 나는 꽤 오랫동안 아무 연락도 못하고 있었어. 다만 종종 커피를 마시고 이야기 나누자던 말이 마음에 남아 결국 내가 먼저 그에게 전화했어. 나는 그에게 부담 주고 싶지 않은 마음에 일주일 뒤 의정부에서 회의가 있다고 거짓말을 했어. 일정이 끝나면 별다른 일이 없으니 그 근처에서 커피라도 한잔하자고, 아니면 내가 동두천으로 가도 된다고 말했어. 박호산 씨는 예의 그 느릿하고 옹알거리는 말투로 내 회의가 끝나는 시간에 맞춰 의정부로 나가 있겠다고 대답했어.

약속한 날에 의정부역 근처의 카페로 갔으나 그의 모습이 보이지 않았어. 나는 그가 아직 안 왔나 보다, 하며 빈자리에 가서 앉고는 가방에서 책과 안경을 꺼냈지. 그렇게 안경을 쓰고 책을 읽으며 그를 기다렸어. 얼마 지나지 않아 그가 가까이 다가와 기척을 냈어. 나는 곧바로 책장을 덮고 내 앞에 서 있는 그를 올려다보았어. "안녕하세요"라고 내가 인사하자 그는 그저 가볍게 목례만 하고 자리에 앉았어. 그러곤 그가 나를 바라보는데, 그것은 '나'를 본다기보다 단지 '내 얼굴'을 보는 듯한 시선이었어. 내 얼굴에 뭐라도 묻었나, 라는 생각을 하며 나는 안경을 벗어 안경집에 넣었어. 그러자 그가 말했어.

"작가님, 안경 정말 잘 어울리네요."

그가 바라본 것이 내 얼굴이 아니라 안경이라는 것을 알고 나는 조금 겸연쩍어 했어.

"그래요? 책 읽거나 글 쓸 때만 안경을 쓰다 보니 제일 흔하고 값싼 것으로 맞췄을 뿐인데……. 좋게 봐주셔서 감사해요."

"저도 작가님 것과 같은 검은색 뿔테 안경이 있었는데, 아내가 싫어해서 지금 이 안경테로 바꿨어요."

그가 쓰고 있는 안경은 원형의 금테였어. 그런데 나는 그의 말을 제대로 이해할 수 없었어. 아내가 왜 그의 예전 안경을 싫어했는지, 어째서 아내가 싫어한다는 이유로 자신의 안경테를 바꿔야 했는지에 대해서 말이야. 안경테는 안경을 쓰는 당사자가 고르는 것이고, 그저 가장 편하고 마음에 드는 것으로 구매할 뿐이잖아. 그것이 너무도 당연한 일이라서 그의 말을 이해하기 어려웠지만 나는 더 이상 아무 말도 하지 않았어. 아내가 왜 선생님의 예전 안경테를 싫어했느냐는 질문도, 아내가 싫어하면 반드시 바꿔야 하는 것이냐는 질문, 그가 현재 쓰고 있는 안경이 별로 어울리지 않는다는 말까지도.

우리는 커피를 주문한 뒤 대화를 이어갔어. 다시 만난 그와 나 사이에 오간 대화는 먼젓번의 내용과 크게 다르지 않았어. 우리는 여전히 책과 문학, 철학에 대한 이야기를 나눴어. 희한하게도 그와 함께 있으면 이야기가 마치 저절로 흘러나오는 것만 같았어. 살면서 누군가와 만나 그렇게까지 많은 말을 쏟아낸 경우가 없기에 스스로에게 놀라움을 느끼면서도 나는 계속 말을 이

김혜나

어갔어.

우리는 첫 만남 때보다 조금 더 사적인 이야기를 나누기도 했어. 예를 들면 내 예전 애인에 대한 이야기 같은 것들. 그가 나에게 결혼은 했느냐고 물었고, 나는 만나던 사람과 헤어진 지 얼마 되지 않았다고 대답했거든. 그럼 지금은 만나는 사람이 없느냐는 그의 질문에 나는 지난번 연애 과정에 너무 지쳐 당분간 누구도 만나기 어려울 것 같다고 대답했어. 그러면서 자연스럽게 내 예전 애인에 대한 이야기를 더 하게 됐어.

전 애인은 웹 디자이너로 일하지만 전공은 문예창작이었고, 대학생 때는 시인을 꿈꾸던 사람이었다고 말이야. 전 애인과 나는 둘 다 문학을 공부했다는 이유로 가까워졌지만 취향이 같다고 해서 성격이나 성향까지 같은 건 아니었다고 말했어. 전 애인은 활동적인 사람이라 평일 중 두 번 정도는 퇴근한 뒤 술을 마셨고 주말이면 짧은 여행을 떠나곤 했어. 그게 아니라면 극장이나 미술관, 야구장 등 어디로든 나가서 시간을 보내고 술 마시기를 좋아했어. 하지만 나는 그런 유형의 사람이 아니었어. 나는 야외 활동보다는 집에서 시간을 보내길 좋아했어. 소설가가 되기 전부터 나는 항상 내 방 책상 앞에 앉아 책을 읽거나 글 쓰는 걸 즐겼어. 맛있는 음식을 먹거나 술을 마시더라도 집에서 요리하고 술상을 차려서 먹는 게 더 좋았어. 종일 집에서만 시간을 보내도 할 일이 너무나 많았고 나는 그 일들을 내버려둔 채 밖으로 나가서 시간 보내고 오는 게 싫었어. 하지만 그 사람은 집에 있으면 기분이 가라앉고 우울해진다며 어떻게든 밖으로 나가려 했고, 항상 나와 함께 있기를 원했어. 연애만 할 때는 어쨌거나 만남을 위해 밖으로 나가야 했으니 그렇게 시간 보내는 게 불편하다는 생각을 안 했지. 그러나 우리가 같이 살기 시작하면서 너무 다른 부류의 사람들이라는 사실을 깨달았고, 서로의 다른 점을 조금도 받아들이지 못했어. 우리는 어느 한쪽이 자신에게 맞춰주기만을 바랐어. 그리고 맞춰주는 경우는 매번 내 쪽이었어.

이별에는 여러 가지 이유가 있겠지만 무엇보다 괴로웠던 한 가지를 꼽으라면 매일 애인이 원하는 곳으로 끌려가 시간을 보내던 것이라고 내가 말했어. 그러자 네 아빠는 내 이야기에 극도로 공감하며 자신은 아내와의 연애 시절에 아주 소처럼 끌려다녔다는 거야. 심지어 그의 아내는 자신에게 어디로 가는지, 무엇을 할 것인지조차 알려주지 않고 무작정 따라오라고 하는 경우가 잦았다고. 그러다 보면 그는 자신이 누구인지, 어디서 무엇을 하고 있는 건지 모를 정도로 혼란스러워지기도 했다고 덧붙였어.

나는 그렇게 말하는 박호산 씨의 얼굴을 주의 깊게 들여다보았어. 그의 표정이 불행해 보이거나 불편해 보이지는 않았어. 다만 갑자기 아내에 대한 불평을 늘어놓은 게 미안했는지 죄책감

김혜나

을 느끼는 듯했어. 그가 한순간 입을 꾹 다물고 아무 말도 하지 않은 채 나를 바라보았어. 나는 그렇다면 아내의 어떤 모습이 마음에 들었느냐고 그에게 물으려다 말았어. 그 대신 아내는 어떤 일을 하느냐고 물었지. 아내도 문학이나 철학을 공부했느냐고 덧붙였고. 그러자 그가 아내는 예전에 여성의류 상점을 운영하며 쇼핑몰 모델로도 일했다고 말했어. "네……" 하고 내가 대답했어. 나는 옷에 관심이 없고 그쪽에서 일하는 사람도 만나본 적 없어 아무런 말이 떠오르지 않았어. 그러자 그가 얼른 아내하고는 독서 모임에서 처음 만났다고 하더구나.

결혼 전 그는 왕십리 쪽에 살았고 그 근처의 서점에서 일하며 손님으로 온 아내와 알게 됐다고. 일주일에 한 번씩 손님으로 와서 책을 사 가던 그녀가 어느 날 서점의 독서 모임에도 나오기 시작했다고. 그래서 당연히 책을 사랑하는 사람일 거라고 추측했지만 놀랍게도 그녀는 책에 관심이 없었다는 거야. 그녀는 평생 책 한 권도 제대로 읽지 않은 스스로가 창피하게 느껴져 어느 날 갑자기 서점을 찾아온 거였어. 대형 서점에 가면 너무 많은 분야의 책들이 쌓여 있고 그중 어느 것을 골라 읽어야 할지 알 수 없기에 작은 책방에서 책에 대한 안내를 도와줄 사람이 필요했던 거야. 그녀는 그렇게 그가 일하는 책방으로 일주일에 한 번씩 찾아와 책에 대한 질문을 던지고 대답을 들으며 책을 한 권씩 사 갔다고 해. 돈을 주고 책을 사면 아까워서라도 읽겠지, 하는 마음으로 매주 한 권씩 샀지만 역시나 읽지 않았다고도 했어. 그래서 독서 모임에 참여해야 어떻게든 책을 읽을 것 같아 모임까지 나갔다는 거야.

평생 책을 끼고 살며 책하고 연애하듯 살아오던 네 아빠에게는 그녀가 신기해 보였겠지. 그는 세상에 저렇게 책을 읽지 않는 사람도 있구나, 라는 생각이 네 엄마를 볼 때마다 들었다고 했어. 그렇다면 그녀는 평소 뭘 하고 살까, 어떤 것에 관심을 두고 시간을 쏟으며 사는 걸까 하고 호기심을 가지기 시작했다고. 그렇게 다른 성향을 가진 두 사람이 서로의 반대편을 바라보며 이끌렸고, 그들의 연애는 꽤나 순조로웠어. 이내 너의 존재를 알아차린 두 사람은 곧장 혼인신고를 했어. 네 엄마의 본가인 동두천으로 이사해 신접살림을 차리고, 그 근처 상가 건물에 공간을 임대해 책방을 꾸려나가기 시작했어. 이런 이야기 정도가 네 아빠와 내가 나눈 사적인 대화의 전부였어.

나는, 네 아빠와 더 이야기를 나누고 싶었어. 비단 문학적인 관점 혹은 철학적인 사유뿐 아니라 네 아빠의 시선, 네 아빠의 취향, 네 아빠의 감정, 그리고 네 아빠의 존재를…… 나는 알아가고 싶었어. 그래, 나는 그 존재에 가까이 닿고 싶었어. 내 안에 그 마음을, 그 욕망을 어떤 언어로 표현할 수 있을까? 나는 아직도 모르겠어. 22년의 세월이 지난 지금까지도…….

이러한 내 욕망 때문이었을까? 그날 이후로 나는 네 아빠를

김혜나

다시 만나지 못했어. 나는 한 차례 더 그에게 문자를 보냈어. 의정부에 다시 갈 일이 있으니 일정이 끝난 뒤 만나서 커피를 마시고 싶다고 적었어. 그는 나에게 답장하지 않았어. 시간이 없거나 불편하다는 식의 거절 문자조차도 하지 않았어. 나는 가끔 그것에 더 화가 났어. 그가 분명하게 의사를 밝혀주었다면, 그랬더라면 그에 대해서 생각하는 일은 그만둘 수 있었을 텐데, 그는 그러지 않았어. 그래서 나는 그에 대해 생각하는 일을 멈출 수 없었어. 그가 왜 답장하지 않을까? 무슨 일이 생긴 것은 아닐까? 책방으로 찾아가볼까, 하며 혼자 별의별 생각을 다 했어.

그가 나에게 답장하지 않으니 나도 더 이상 연락하지 않는 게 맞겠지만, 나는 그러지 않았어. 나는 두어 번 더 그에게 문자를 보냈어. 혹시 무슨 일이 생긴 거냐고, 만나지 못해도 괜찮으니 제발 안부 인사만이라도 남겨달라고 애원했어. 그는 끝까지 답장하지 않았지. 그러던 어느 날, 우리 집으로 등기 우편물이 하나 도착했어. 보낸 이는 '박호산'이고 내용물은 책인 것 같았어. 나는 곧장 봉투를 뜯어보았어. 이번에도 그가 쓴 엽서가 먼저 나왔어.

이오진 작가님, 안녕하신지요.
저의 빈약한 마음이 조금이나마 가닿기를 바라며, 제가 직접 번역한 소설을 보냅니다. 공부 삼아 해본 것이라서 오역과 모호한

표현들이 꽤 있습니다. 너그러이 이해하시길 바랍니다.

동두천에서,
박호산 올림

 그 안에는 두꺼운 노트가 들어 있었어. 그가 읽던 그 소설, 마이클 커닝햄의 《디 아워스》를 한국어로 번역한 문장들이 적혀 있었지. 정갈하고 반듯한 글씨체로 적어 내려간 그 노트를 내려다보고 있자니 오랜 시간 책상에 앉아 그것을 번역했을 그의 모습이 선연히 그려졌어. 그가 왜 이 책을 번역해 나에게 보냈는지에 대한 이유 같은 것은 물어보고 싶지 않았어. 묻지 않아도 알수 있고, 알고 있기에 물을 수 없었어.

 울지 않으려고 했는데 자꾸 눈물이 나왔어. 그가 나를 좋아하는데, 많이 생각하고 아끼는데, 우리는 왜 만날 수 없는 거지? 나는 이해할 수 없었어. 나는 그를 만나고 싶고, 그와 이야기하고 싶었어. 그러나 내가 어떻게 할 수 있겠니? 그가 나를 피하고 대답하지 않는 걸. 나에게는 그를 계속 볼 수 있는 방법이 없었어. 나는 자리에 앉아 그저 책을 읽기 위해 호텔방을 전전하다가 가족을 버리고 캐나다로 떠난 그 소설 속 인물 로라 브라운처럼 박호산 씨가 번역한 문장들을 읽어 내려갔어. 죽고 싶어도 죽을 수 없는 사람, 떠나고 싶어도 떠날 수 없는 사람, 변하고 싶어도 변

김혜나

할 수 없는 사람들이 그 소설 속에 산재해 있었지. 그리고 마침 내 죽어버리는 사람까지도.

그 소설을 읽고 난 뒤에도 나는 계속해서 브라운 부인에 대해 생각했어. 이상한 일이지? 소설의 구조상 좀 더 방점이 찍혀 있는 인물은 댈러웨이 부인 혹은 울프 부인일 텐데, 나는 왜 계속 브라운 부인에 대해서만 떠올리게 되는 걸까?

시간은 무심히도 흐르고 또 흘렀어. 네 아빠와 연락하지 않는 다고 해서 내 삶의 어떤 부분이 달라지거나 흐트러지지는 않았 어. 그렇게 반년, 아니 일 년이 지난 뒤였을까? 어느 평일 낮에, 네 아빠에게서 전화가 왔어. 나는 바로 전화를 받아 반갑게 인사 했어. 그는 예의 그 옹알이는 말투로 나에게 잘 지냈느냐고 물었 어. 내가 요즘은 바쁘지 않았냐고 묻자, 그는 이제 낮 동안에는 아내가 서점을 좀 봐주기로 해서 자기 시간을 만들 수 있게 됐다 고 했어. 나는 그에게 아이는 어떤지, 건강하게 잘 지내고 있는 지 물었어. 그는 그런 것쯤은 아무 일도 아니라는 듯이, 아니 어 쩌면 아무 관심도 없다는 듯이 그렇다고 대답했어. 나는 더 이상 해야 할 말도 질문거리도 떠오르지 않았어. 전화는 그가 나에게 걸어온 것이니까 그가 나에게 뭔가 할 말이나 물어볼 게 있겠지 싶었어. 그러나 그는 끝까지 아무 말도 하지 않았어. 한참을 아 무 말 없이 시간을 죽이고 있는 그에게 내가 겨우 물었어.

"무슨 일, 있으세요?"

그는 아무 일도 없다고 대답했어. 그저 오진 작가님 소식이 궁금해서 전화한 거라고. 나는 나의 어떤 소식이 궁금한 것인지에 대해 물어봐주길 기다렸어. 그러나 그는 나에게 아무것도 묻지 않았어. 그저 궁금했고, 단지 그것뿐이라는 듯이, 답 같은 것은 알고 싶지도, 알아야 할 필요도 없다는 듯이 입을 꾹 다물고 아무 말도 하지 않았어. 왜인지는 모르지만 나도 덩달아 아무 말도 할 수 없었어. 그런데, 어색하거나 불편해야 할 그 순간이 왜 그토록 평안했을까? 아무런 말도 없이 그저 전화기를 붙들고 호흡하던 그때가 행복했어. 그가 하지 않은 말속에 많은 말이 들어 있는 듯했고, 그 상태 그대로 모든 것이 텅 비어 사라지는 듯했어. 우리는 그대로 무려 20여 분간 아무 말 하지 않고 있었어. 마침내 그가 나에게 말했지.

"그만, 끊을게요."

나는 "네" 하고 대답했어. 그러곤 그가 전화를 끊었어. 그게 다였어. 그의 목소리를 마지막으로 들은 게, 그와 마지막으로 연결된 게 말이야.

시간은 계속 흘렀지. 계속 소설을 쓰고, 사람들을 만나고, 책을 내고, 강연을 다니는 와중에도 이따금씩 네 아빠 생각이 났어. 그리고 내가 첫 장편소설 초고를 완성했을 때도 가장 먼저 네 아빠가 떠올랐어. 나는 막 탈고한 장편소설 원고를 출력해 봉투에 담은 뒤 우체국으로 가서 동두천 코너스툴 주소로 부쳤어. 이 세상에서 나의 이야기를 가장 먼저 들어줄 사람이 네 아빠이기를 바랐어. 그가 바로 나의 이야기에 귀 기울여줄 단 한 사람인 것만 같았으니까. 나는 원고를 보내며 편지를 한 장 동봉했어.

박호산 선생님께

잘 지내고 계세요? 저는 여전히 책 읽고 소설 쓰며 지내고 있어요. 지난주에 한 출판사에서 젊은 작가들의 생활을 담은 산문 앤솔러지를 청탁해서 그 원고에 집중하느라 다른 개인적인 일은 다 미루고 지내기도 했어요. 조만간 단편소설도 한 편 마무리해야 하는데 웬지 진도가 잘 안 나가네요. 그래도 써야 하니까, 그저 쓰고 있어요.

호산 선생님, 어린 시절 제 눈에 비친 세계는 거짓과 위악으로 가득 차 있었어요. 저는 사람들의 진심이 궁금했고, 진짜 이야기를 듣고 싶었는데, 가정이나 학교에서는 아무도 저에게 진실을 말해주지 않았어요. 다들 어떻게 하면 이 삶과 자기 자신을 더 그럴듯하게 위장할 수 있는지만 보여주고 가르쳐줬어요. 그런데 제가 읽는 소설 속 인물들은 진짜 자기감정을 보여주고, 진짜 자기 자신을 이야기했어요. 제가 알고 싶은 이 삶과 인간에 대한 진실은 오직 소설 속에만 있었고, 그래서 저는 점점 실제보다 허구의 세계에만 집착하며 살아오게 된 것 같아요. 인간에 대해서도 그와 마찬가지라서, 현실의 저는 저와 같(다고 느껴지)거나 유사한 사람을 만나지 못했어요. 모두 저와 다른 것을 보고, 다른 생각을 하고, 다른 곳으로만 나아가고 있었어요. 이 현실에서는 어느 누구에게도 위로와 공감을 얻을 수 없었고, 저는 늘 혼자라고 여겼어요. 하지만 소설을 읽으면 그 안에 저처럼 느끼고 생각하고 살아가는 사람들이 있어서 늘 공감이 가고 위로가 됐어요.

간헐적으로나마 호산 선생님을 보아오면서 선생님이 저와 같은 감정을 느끼고, 저와 같은 것을 바라보고, 저와 같은 곳으로 나아가고 있다는 인상을 받았어요. 이 또한 혼자만의 착각이고 망상일지 모르지만, 이 세계에 나 같은 사람이 존재하고 있다는 사실을 떠올리면 외롭고 고단한 생활 중에도 마음에 위로가 됐어요. 호산 선생님이 어디에 있든 무엇을 하든 상관없이 존재 그 자체만으로 누군가에게는 힘이 되고 위로가 된다는 사실을 알아주면 좋겠어요.

장편소설은 원래 작년까지 출판사에 넘기기로 했는데 제가 너무 늦게 탈고하는 바람에 아무래도 올해 중에는 출간하기 어려울 것 같아요. 한국문학이라는 시장이 워낙 작다 보니 출판사마다 매년 출간하는 책들에 제한이 있더라고요. 어쩔 수 없는 일이니 그러려니 하고 있는데, 탈고한 뒤에 호산 선생님께 먼저 보여

김혜나

드리고 싶은 마음이 들었어요. 대학을 졸업한 뒤로는 이런 식으로 원고를 묶어 누군가에게 보여준 적이 없기에 망설여졌고, 소설이라는 게 편집 과정에서 여러 차례 수정될 수 있어서 정식 출판되지 않은 상태로 보여드리는 게 과연 옳은가 싶기도 했어요. 그래도 이 소설만큼은 그저 이 상태 그대로 선생님과 함께 읽고 싶은 생각이 들어서 용기 내 보내드려요.

실제의 저는 정말이지 형편없는 사람이라 누구에게도 좋게 다가가지 못하지만, 최소한 이 소설 속 인물이라도 호산 선생님에게 가닿을 수 있기를, 그래서 선생님이 외롭거나 괴롭지 않게 이 삶을 이어갈 수 있기를 간절히 바랍니다.

항상 평안하시길 바라며,
2002년 가을 이오진 올림

네 아빠는 내 편지와 소설을 받았을까? 그가 아무런 답장도 연락도 하지 않아서 나는 여전히 아무것도 몰라. 지금까지도 그는 나에게 아무것도 말하지 않았어. 왜 네 아빠는 아무 말도 하지 않았을까? 뜻밖의 연락은 그해 겨울 네 엄마에게서 왔어. 낯선 번호로 전화가 왔고, 낯선 목소리의 여자가 "여기, 코너스툴인데요"라고 말했어. 나는 곧장 "네"라고 대답하면서 그 여자가 바로 네 엄마이자 박호산 씨의 아내라는 사실을 알았어. 왜, 그럴 때가 있잖아. 누가 먼저 알려주지 않아도 저절로 알게 되는 것들. 그 사람이 단지 코너스툴이라고 말해서, 여자 목소리라서 그렇게 추측한 것만은 아니고, 그냥 그런 느낌이 들었어.

네 엄마는 숨도 쉬지 않고 빠르게 말했어.

"제가 한 번 뵙고 싶은데, 책방으로 좀 와주세요."

너무도 당연하고 당당하게 동두천 코너스툴까지 오라는 말에 나는 아무 반기도 들지 못하고 그러겠다고 했어. 네 엄마는 내가 그곳까지 아주 편하게 오갈 수 있다는 듯이 말했고, 나는 뭐라 반박해야 할지 알 수 없기에 그랬던 것 같아. 그렇게 그곳, 코너스툴에 다시 갔어. 네 엄마가 정해준 날짜와 시간에 맞춰서.

다시 그곳에 들어설 때는 어떤 일이 일어날지 몰랐어. 나는 막연히, 어쩌면 네 아빠를 다시 볼 수 있지 않을까, 그들 부부가 함께 나를 맞아주지 않을까, 그런 추측을 했어. 단 한 번도 네 엄마의 입장을 생각해보지 않았으니까. 그런 일이, 그런 상황이 나에게 일어나리라고 상상해본 적 없었으니까.

그래, 지금 와서 돌이켜보니 성인이 된 너는 엄마를 많이 닮은 것 같아. 외모나 체형이 키 작고 강마른 네 아빠보다는 큰 키에 적당히 살집이 붙어 있는 네 엄마와 더 비슷해졌어. 하고 싶은 말을 어떻게든 다 하고야 마는 성격까지도. 그래서 소설가가 됐을 거라는 생각도 들어.

그날 그 책방에 다시 들어섰을 때 네 엄마가 자리에서 일어나

김혜나

팔짱을 낀 채로 나를 내려다보는데, 그 키가 정말 크다는 생각을 했어. 그래도 딱히 위축되거나 불안하지는 않았어. 그녀와 나 사이에 어떤 감정의 골도 없다고 여겼기 때문이었지. 네 엄마는 나에게 예의 바르게 대하려고 노력하며 자리에 앉으라고 말했어. 안쪽에 자리한 모임 공간으로 들어서자 그곳에서 정신없이 뛰어다니는 네가 보였어. 너는 나에게 인사하지 않았지만 나는 너에게 다가가 알은체를 했어. 너는 나를 벌레 보듯이 했고, 결국에는 네 엄마에게로 후다닥 달려갔어. 네 엄마가 두 팔을 벌려 너를 안아 올렸고, 그렇게 선 채로 나를 내려다보았어. 그녀는 나에게 뭔가 물어보려다 말고 뒤돌아서더니 계산대로 가서 문서 한 장을 가지고 왔어. 그러고는 그 문서를 내 앞에 던지듯이 내려놓았지. 나는 그것을 들여다보았어. 내가 네 아빠에게 부친 편지였어. 어떻게 네 엄마가 그것을 갖고 있는지 따위는 궁금하지 않았어. 부부 사이에는 뭐든 공유할 수 있으니까. 서로의 우편물까지도 말이야. 그럼에도 그것은 내가 박호산 씨에게 쓴 편지였기에 그 아닌 다른 사람이 그것을 읽는 것은 썩 유쾌한 일이 아니었어. 하지만 그런 감정을 내색할 수는 없었어. 나는 그저 내가 쓴 편지를 천천히 읽어 내려갔어. 그때 나는 그에게 이렇게 썼구나, 하면서. 네 엄마가 나에게 물었어.

"왜 우리 호산 씨한테 이런 걸 써서 보냈어요?"

나는 자리에 앉아 있었고, 네 엄마는 여전히 너를 안고 서 있었어. 나는 그런 네 엄마와 너를 올려다보며 대답했어.

"호산 선생님한테, 하고 싶은 이야기였으니까요."

네 엄마는 기가 찬다는 듯 허, 하고 웃음을 내뱉었어.

"그러니까, 왜 우리 호산 씨한테 이런 이야기를 하고 싶었냐
고요."

차갑게 가라앉은 목소리로 그녀가 말했고, 나도 대답했어.

"호산 선생님하고는 대화가 잘 통하고, 취향도 비슷하고…….
그냥, 편지하고 싶었어요."

"그냥, 편지하고 싶었다고요?"

"맞아요. 호산 선생님하고 더 만나고 싶었고, 더 가까워지고
싶었고, 더 이야기 나누고 싶었어요."

"그래서, 우리 호산 씨랑 따로 만났어요?"

"따로 만난 건 딱 두 번이에요. 이곳 책방 행사 이후에 호산 선
생님이 서울로 찾아오셔서 한 번 봤고, 그다음에는 제가 의정부
에 일이 있어서 왔다가 만났어요."

나는 대답하면서도, 왜 이런 질문에 일일이 대답해야 하는지
알 수 없었어. 왠지 모르게 점점 더 불쾌하고 불편해졌어. 나도
네 엄마에게 질문했어.

"그런데, 이것 때문에 저를 여기까지 부르신 거예요? 호산 선
생님한테 왜 편지했는지, 몇 번 만났는지 물어보려고요?"

그러자 네 엄마가 다시 한 번 허, 웃음을 내뱉더니 좀 더 낮은

김혜나

목소리로 나를 노려보며 "씨발"이라고 했어. 내가 놀라서 두 눈을 크게 뜨고 자리에서 일어나 "지금 뭐라고 하셨어요?"라고 묻자, 그녀는 무릎을 구부려 너를 바닥에 내려놓고 다시 일어나 나에게 가까이 다가왔어. 그러고는 내 멱살이라도 움켜쥘 기세로 강렬하게 노려보며 소리 높여 말했어.

"아이, 씨발. 진짜 이 개같은 년이 어디서 자꾸 호산 씨래? 야, 어디서 감히 남의 남편을 함부로 만나고 이딴 걸 써서 보내? 왜 남의 남자한테 수작을 부려? 어?"

왜일까? 네 엄마가 그토록 정신 나간 사람처럼 구는데도 나는 전혀 화가 나지 않았어. 나는 단지 조금 놀랐고, 그 상황이 우스울 뿐이었어. 그래서 나도 모르게 피식 웃고 "저기요, 저는……"이라고 말하다가, 곧바로 입을 꾹 다물어버렸어. 말하고 싶은데, 말해야 하는데, 말할 수 없었어. 박호산 씨를 남자로 대한 적이 없다고. 나는 그와 연애하고 싶은 게 아니라고. 나는 그를 남자로 보는 것이 아니라 나와 같은 인간으로, 나와 같은 존재로, 나와 같은 영혼으로 바라보고 있을 뿐이라고, 그게 다라고 말하고 싶었어. 그리고 나는, 나는…….

나는 이반이라고, 레즈비언이라고 말하고 싶었어. 태어나서 이반 아닌 사람에게 단 한 번도 한 적 없는 그 말을, 그 순간, 그 자리에서, 네 엄마에게만큼은 하고 싶었고, 해야만 했어. 그래야 네 엄마가 나를 더 이상 의심하거나 추궁하지 않을 것이고, 네 아빠도 내 진심을 오해하지 않을 테니까. 그럼에도 나는 말하지 못했어. 말할 수 없었어. 이오진 소설가가 이반이라는 것을, 레즈비언이라는 것을 네 엄마가 알게 되면 분명히 네 아빠에게 그리고 코너스툴에서 내 강연을 들은 회원들에게 곧장 다 말할 것 같았어. 그러다 내 출판사 편집자가 그것을 알게 되고, 동료 작가들이 알게 되고, 가족들이 알게 되면…….

흔히들 커밍아웃한 호모 섹슈얼 예술가들은 오히려 더 인정받기 좋다고, 프레디 머큐리와 데이비드 호크니가 그랬던 것처럼 차별보다는 대우받는다는 말이 있다는 것을 나도 알아. 소설 《디 아워스》를 쓴 마이클 커닝햄도 커밍아웃한 게이 소설가잖니. 그러나 그것은 그저 외국에서나 있음직한 말일 뿐, 실제로 내가 살아온 세계에서는 듣도 보도 못한 일이었어. 요즘에는 국내 작가들 중에도 커밍아웃한 게이 시인과 소설가들이 있고, 레즈비언 이야기만 쓰는 작가도 있지.

하지만 내가 살아온 세계에서는 그게 정말, 꿈도 못 꿀 일이었어. 여자 애인과 함께 살고 있는 지금도 나는 내 가족들에게 내가 이반이라고 말하지 못했어. 중학교 교사로 일하고 있는 지금 내 애인도 마찬가지인데, 애인은 일 때문에 평생 레즈비언 바에도 가보지 못했어. 그곳에 드나들다가 누군가 그 사실을 알게 되고 학교에 소문이 나면 해직당할 게 훤하다며, 나랑 같이 가보자고 해도 매번 거절했어. 나 역시 내 애인처럼 가족과 동료 작

김혜나

가들, 학교 동문들, 출판업계 사람들 누구도 내가 이반이라는 사실을 모르는데, 그런데 네 엄마가 알게 되면, 그러면 나는……

나는 말하고 싶었어. 말해야 했어. 호산 씨에게 모두 말하고 마음 편히 연락과 만남을 이어나가고 싶었어. 그런데 나에 대해 말하려는 순간, 그간 내가 보아온 이 바닥 사람들의 말과 행동이 떠올랐어. 언젠가 내가 한 문예지 편집장이자 시인인 선배의 사무실에 찾아갔을 때, 그 선배는 줄곧 게이 서사만 써오던 젊은 소설가 한 명을 언급했어. 그 소설가가 '그런 소설'을 쓰는 사람이라는 것을 알았느냐고 묻더구나. 그때 나는 단박에 그 말을 알아들었지. 그리고 대답했어. 그 사람은 게이 서사만 쓰는 작가라고, 그걸 모르는 사람이 있느냐고 했지. 그러자 편집장 선배는 한숨을 푹 내쉬며 자기는 그런 사실을 모르고 그에게 원고를 청탁한 거라고. 한데 그 소설가가 써준 원고를 받아보니 남자들끼리 성관계를 하는 장면이 있었고, 자기가 제작해 자기 이름으로 발행하는 잡지에 왜 '그런 소설'을 실어야 하는지 모르겠다고 말하는 거야. 그 잡지의 편집위원들과 구독자들 대부분이 원로 작가이고, 그들이 '그런 소설'을 읽게 될 경우 발행인인 자신을 비난할 거라면서 괴로워했어. 그 선배의 말이 날카로운 검이 되어 나를 찔렀어. 그런데도 나는 아무 말 못 했어. 그래, 나는 아무 말도 하지 않았어. 그게 뭐 어쨌다는 거냐고, 나도 '그런 사람'이라고, 그럼 나에게도 더 이상 청탁하지 않을 거냐고 소리치고 싶었지만, 나는 그러지 못했어. 그 선배 앞에서 나는 마치 '그런 사람'이 아니라는 듯이, 그런 일은 나와 아무런 상관도 없다는 듯이 굴 수밖에 없었어. 그래, 마치 남의 이야기인 양 "네, 정말 곤란하시겠어요"라는 말밖에 할 수 없었어.

내가 등단하던 해에 다른 신문사 신춘문예로 등단한 내 또래 여자 소설가의 모습도 스쳐 지나갔어. 그 소설가의 등단작에는 레즈비언 커플이 나오고, 그녀 또한 짧은 머리에 남자 옷만 입고 다니는 톰보이 외모였어. 그해 신춘문예 당선 작품집이 나오고 난 뒤 나는 몇 번 더 그 소설가를 만났어. 그녀는 신촌에 있던 퀴어 소식지 발행처에서 자원봉사를 하고 있었고, 일을 마칠 무렵에 내가 그곳으로 찾아간 적이 있었어. 우리는 그 근처 중식당에서 저녁 식사를 함께하고 그녀의 지인이 운영한다는 카페를 찾아갔지. 그녀는 지인을 오빠라고 불렀는데, 카페에 들어서자 그 오빠가 우리를 뚫어질 듯 쳐다봤어. 나도 그를 바라보았지. 그의 귓불과 입술에 피어싱이 잔뜩 매달려 있었어. 얼굴에 화장도 하고 손톱에 매니큐어까지 칠해놓은 채였어. 그 소설가가 그 오빠에게 나를 소개하며 자기처럼 올해에 등단한 소설가라고 말했어. 그 오빠는 나를 위아래로 쭉 훑어보더니 "야, 너희 사귀는 거지?"라고 물었어. 그 소설가는 가볍게 웃으며 "그런 거 아니에요"라고 대답했어. 나는 가만히 있었어. 나는 그 소설가가 나와 같은 이반이라고 확신했지만, 나도 그렇다고 말하지 않았어. 그

김혜나

소설가 앞에서 나는 그냥 '일반'인 척했어. 그래, 나는 그저 '평범한' 사람인 체했어.

그 무렵 가까워진 남자 시인 선배가 어느 날 나에게 말하더구나. 그 여자 소설가와 너무 가깝게 지내지 말라고, 왜냐하면 그 소설가는 '양성애자 같은 것'이기 때문이라고 말했어. 나는 기가 막혔어. '양성애자 같은 것'은 도대체 무엇이냐고 따지고 싶었고, 그게 뭐 어쨌다는 거냐고 몰아붙이며 화를 내고도 싶었지만, 나는 아무 말 하지 않았어. 그 후로 내가 어떻게 했는지 추측할 수 있겠니? 나는 그 여자 소설가를 멀리하기 시작했어. 일부러 차단하거나 절연한 것은 아니지만 그 뒤로 단 한 번도 먼저 연락하지 않았어. 이따금 그 소설가에게 연락이 오면 원고 마감이 있거나 다른 일정이 있다고 핑계를 대며 두 번 다시 만나러 가지 않았어.

그뿐인 줄 아니? 동료 작가들을 만날 수 있는 문단 술자리나 연말 모임에 가면 소설가들이 삼삼오오 모여서 떠들고 있지. 한번은 그 자리에는 없던 게이라고 소문난 소설가에 대한 이야기가 나온 적이 있었어. 그때 나와 가깝게 지내던 소설가 한 명이 이렇게 말하더구나.

"한석민 작가는 인물 좋고 성격 좋고 소설 좋고 다 좋은데, 여자를 안 좋아하는 게 흠이야."

그 말에 다들 까르르 웃고 "맞아, 진짜 그러네"라며 맞장구쳤어. 나는 그 자리에서 벌떡 일어나 다들 미친 거 아니냐고, 그게 왜 흠이냐고 소리치고 싶었지만, 가만히 있었어. 거기서 내가 뭐라고 할 수 있겠니?

나는 두려웠어. 편집장 선배가 게이 서사만 쓰는 소설가를 보듯이 나를 볼까 봐, 남자 시인 선배가 '양성애자 같은 것'인 여자 소설가를 대하듯 나를 대할까 봐, 그리고 다른 작가들이 내가 없는 자리에서 나를 가리켜 내가 바로 '그렇다'고 수군대고 다닐까 봐, 그래서 문단의 모든 사람들이 내가 이반이라는 것을 알게 되고 내 독자들과 가족들까지 알게 될까 봐, 종내에는 원고 청탁이 끊기고 출판 계약이 파기되어 경력이 완전히 단절되고 모두가 나를 욕하고 피할까 봐 겁이 났어.

예지야, 네가 쓴 소설 속 등장인물들에게는 성별이 없더구나. 어떤 이들은 성별이 없고, 어떤 이들은 일정한 나이가 되면 성별을 선택할 수도 있는 것으로 그려져 있었지. 그런 네 소설을 읽고 사람들이 너를 이반이라고 욕하거나 외면하지는 않을 거야. 너는 그저 젊고 재능 있는, 독특한 세계와 인물을 구사하는 소설가로 평가받고 있잖아.

지금은 2022년이고, 세상이 많이 변했다는 것을 나도 알아. 요즘에는 '이반'이라는 말과 '동성애자'라는 말도 거의 쓰질 않아. 맞아, '이반'이라는 말은 조금 이상하긴 했어. 내가 처음 그

　　　　　　김혜나

단어를 접했을 때 그게 무슨 뜻인지 전혀 알아차리지 못했을 정도였으니까. 레즈비언 온라인 커뮤니티에서 동성애 용어들을 샅샅이 뒤져봐도 '이반'이라는 말에 대한 정의는 없었어. 나는 궁금한 마음에 그곳 익명 게시판에 질문을 남겨두기도 했어. 모두들 '이반'이라는 말을 편하게 쓰는데 정확히 무슨 뜻이냐고, 사전에도 나와 있지 않다고 말이야. 댓글에는 그 어원이 정확하지 않지만 '일반'이 아니라는 의미로 숫자 1이 아닌 2를 붙여서 이반으로 부르기도 하고, 영어 단어 'Queer'의 의미를 붙여 이인(異人)의 느낌을 주는 것이라고도 적혀 있었어. 어원이 불확실한 단어였기에 그 말은 점점 사라졌고, 요새는 다들 '이쪽'이라는 표현을 쓰잖아. 한데 '이쪽'이라는 말도 왠지 '2쪽' 혹은 '異쪽'이라는 느낌을 주곤 하지. 최근에는 그저 외래어 그대로 '퀴어'라는 말도 많이 쓰지만, 22년 전인 2000년에는 동성애자임을 암시하는 단어들을 우리끼리도 거의 쓰지 않았어. '이반'은 우리가 쓰기에 가장 쉽고 편한 은어 같았지. 이제는 국내에도 커밍아웃한 호모 섹슈얼 예술가들이 있고, 퀴어 서사에 주목하는 문단의 흐름도 있어. 그럼에도 불구하고 나는 여전히, 누구에게도 내 이야기를 할 수가 없어. 아직까지도, 네 엄마와 아빠에게도…….

다른 사람은 몰라도 너에게만은, 너에게만큼은 꼭 하고 싶은 이야기가 있어. 네 엄마는 물론 네 아빠조차도 이해하지 못한 나를, 나 자신을 너에게 말하고 싶어. 내가 숨겨온 진짜 나는, 네 아빠를 진심으로 사랑했어. 내가 비록 그 사람이 살아가는 세계의 링이 되어주지는 못하지만, 그 링의 구석 자리인 코너스툴만큼은 되어주고 싶었어. 그와 소통하지 못하고 살아온 지난 20년 동안 나는 계속 그를 생각했어. 이따금씩 내 또래의 유부남 작가들과 가까워질 때에도 네 아빠 생각이 났어. 나는 가끔씩 유부남 작가와 단둘이 영화를 보고 술잔을 기울이기도 하는데, 그리고 그저 살아가는 이야기를 나누곤 하는데, 왜 네 아빠하고는 그게 안 되는지 나는 자주 생각했고, 그럴수록 화가 나고, 속상하고, 억울했어. 내가 남자였다면, 네 아빠와 같은 성별을 가졌더라면, 그래도 네 엄마와 아빠가 나에게 그럴 수 있었을까? 그랬더라면 나는 코너스툴에 계속 찾아갈 수 있고, 네 아빠와 토론하고 수업하고 마음껏 이야기 나누는 사이로 발전해나갈 수 있었을까?

나는 레즈비언이기는 하지만 내가 여자라는 사실을 부정해 본 적은 없었어. 단 한 번도 여자가 아닌 남자로 태어나면 좋았을 거라고 생각한 적도 없고, 그것을 원하지도 않았어. 내가 아무리 남자 아닌 여자를 좋아한다고 한들, 나는 여자인 것이 좋고, 내 연애 상대가 여자인 게 좋았어. 나와 다른 성기와 가슴과 사고를 가진 남자들하고는 연애하고 싶지 않았고, 그들처럼 되고 싶지도 않았어. 이제까지 살아오면서 딱 한 번, 오직 네 아빠에 대해서 떠올릴 때에만 나는 정말이지 남자가 되고 싶더구나.

내가 남자였다면, 그랬더라면 이렇게 아무 말도 못한 채 네 아빠와 단절되지는 않았을 텐데. 아니 애초에 숨겨야 할 것도 속여야 할 것도 없이, 나도 진짜 '일반' 사람들처럼 연애하고, 결혼하고, 가정을 이루었을 텐데, 나는 왜 여자로 태어나서 이렇게 '이상한' 모습으로 살아가고 있을까? 이게 얼마나 잘못된 생각인지, 내가 얼마나 '일반'처럼 사고하고 있는지 모른 채 괴로워했어.

　나는 네 아빠와 나누고 싶은 이야기를 계속 써 내려갔어. 내가 처음 코너스툴에 찾아갔을 때, 네 아빠와 처음 마주하던 순간, 그리고 그와 이야기하고 호흡하던 순간들에 대해서……. 네 아빠는 더 이상 나를 보지 않고 내 이야기를 들어주지도 않지만, 그럼에도 불구하고 내가 쓴 소설들을 계속 찾아볼 거라는 확신이 있었으니까. 그에게 전하지 못한 나의 이야기를 담아 소설로 쓰면 그가 분명히 읽어주겠지, 그리고 내 마음을 알아주겠지, 라고 기대하며 나는 매일 소설을 썼어. 그와 나를 본떠서 캐릭터를 만들어 수도 없이 쓰고 또 지우기를 반복하며 서사를 만들었지. 하지만 나는 소설을 완성할 수 없었어. 소설가란 자기 자신으로부터 분리되어 보다 많은 사람들이 공감할 수 있을 법한 인물을 그려내야 하는데, 이 소설을 쓸 때면 나는 나로부터 멀어질 수가 없었어. 나에 대한 이야기를 주저리주저리 늘어놓게 됐고, 내가 가진 치기 어린 감정들로부터 벗어날 수도 없었어. 어렵사리 글쓰기를 마치고 읽어보면 내가 쓴 묘사와 서사가 하찮아 보이기만 했어. 사람들이 내 소설을 흔해 빠진 삼류 드라마로 보거나 불륜에 대한 합리화라며 비난할 것만 같았지. 나에게는 이루 말할 수 없이 소중한 이야기인데, 막상 꺼내놓고 보면 형편없이 작고 쓸모없는 서사가 되어 아무도 읽어주지 않는 현실을 상상할 수 있겠니?

예지야, 나는 항상 꿈꿔왔어. 누군가 나 대신 이 이야기를 소설로 써줄 수 있을까 하고 말이야. 그 누군가가 누구일까? 코너 스툴에 대해서, 네 아빠에 대해서 아무 사심과 오해 없이 있는 그대로 묘사할 수 있는 소설가. 그리고 박호산 씨가 분명히 찾아 읽을 소설가. 성인이 된 너와 마주한 날, 나는 그게 바로 너였다는 사실을 알아차렸어. 네 아빠라면 너의 소설을 모두 읽을 테니까, 네가 이 소설을 써주면 오래 감춰온 나의 이야기가 비로소 네 아빠에게 가닿을 수 있을 테니까.

내가 너에게 고백하고 싶은 것은 이것 하나뿐이야. 나는 평생 단 한 사람에게만은 이 이야기를 꼭 하고 싶었어. 어느 누구에게도 말할 수 없는 나의 이야기를, 네 엄마는 물론 아빠까지도 읽어내지 못한 나 자신을 너만은 읽어줄 수 있을 것 같았어. 그래, 나는 그 믿음 하나로 이 글을 쓰기 시작했어. 내가 네 아빠를 사랑한다는 것. 온 마음으로 그의 언어를, 영혼을, 존재를 사랑하고 있다는 것. 그와 가슴 깊은 곳에 잠재한 마음까지 오롯이 나눌 수 있기를, 이야기할 수 있기를 간절히 바랐다는 것. 그 간절

김혜나

한 마음을, 나는 말하지도 쓰지도 못하는 내 이야기를 너만은 귀기울여 들어주고, 온전히 믿어주고, 진실하게 표현해줄 수 있을 거라고.

네가 어느 누구보다 이 이야기를, 이 소설을 아름답게 그려낼 수 있는 유일한 사람임을 알았으면 좋겠어. 너는 이 마음을, 사랑을, 이야기를 숨기고 살아가는 사람이 아니니까, 반드시 이야기하는 소설가니까, 네가 이 소설을 꼭 써주었으면 해. 오래도록 숨겨온 내 이야기, 내 진심, 내 사랑을 네가 비로소 완성해줄 수 있을 거야. 나는 그렇게 믿어.

　십여 년 전, 첫 소설이 공모전에 당선되어 작품 활동을 시작한 뒤로 오랫동안 장편 쓰기에만 매달렸습니다. 그러다 2018년 가을에 처음으로 단편소설을 묶은 소설집을 출간했습니다. 이미 여러 권의 책을 내고 난 뒤였음에도 '첫 소설집'이라는 단어의 느낌이 새롭고 좋았습니다. 떨리는 새 출발을 다시 하는 듯해 설레는 한편 두려운 마음도 들었습니다.

　그 이듬해 동두천의 유일한 동네책방이던 코너스툴에서 자리를 마련해주어 첫 소설집을 토대로 강연을 했습니다. 처음으로 가 본 도시에서 처음으로 해보는 책방 강연이었습니다. 그 강연을 계기로 다음 해에도 코너스툴에서 소설 낭독회를 가졌고, 책방이 사라진 뒤에도 읽기와 쓰기를 이어가는 회원님들과 함께 온라인으로 모이기도 했습니다. 처음 방문한 도시에서 처음 행한 일이 두 번째, 세 번째로 이어져오는 동안 횟수는 더 이상 중요하게 다가오지 않았습니다. 그렇게 1이 2가 되고, 2가 곧 모든 것이 될 때, 1과 2 사이에 어떤 차이도 존재하지 않음을 깨달았습니다.

많은 분들에게 이 소설이 일종의 구석 자리가 되길 바랍니다. 그곳에 앉아 마음 편히 읽고 쓸 수 있기를요. 더불어 책방에서의 일화를 사용할 수 있게 허락해준 책방지기 김성은 선생님, 책방의 시간과 온도를 소중하게 간직해준 양지윤, 이경렬, 문혜원 선생님께도 감사한 마음 전합니다.

2차 세계의 최애

류시은

두 달 가까이 이어지던 장마가 끝나고 폭염 경보가 뜨던 날 크레스타(Cresta)의 2집 쇼케이스가 있었다. 최애를 보기 위해 서귀포에서 서울까지 약 네 시간 반. 서울은 바람이 불지 않아서인지 제주보다 습하고 뜨거웠다. 셔츠가 땀으로 축축하게 달라붙어 단추를 두 개 더 풀고 팔을 걷어야 했다. 한강진역에 내린 뒤에야 백팩에서 호빈이 얼굴이 인쇄된 부채를 꺼낼 수 있었다. 목적지가 같아 보이는 어린 학생들이 하나둘 눈에 띄기 시작했으니까. 대놓고 '야호봉'이나 멤버 이름이 들어간 슬로건을 손에 쥔 사람들도 드문드문 보였다. 술이라도 들어간 듯 긴장이 풀렸다. 콘서트홀까지 최애의 얼굴로 부채질하며 걸어도 괜찮을 만큼.

초록색 정수리가 "잠시만요" 하고 내 앞을 지나 옆 좌석에 앉았다. 크레스타 정규 2집 콘셉트 포토에서 공개된 진일의 머리색이었다. 두피에 가까울수록 쨍하게 밝은 초록, 멀어질수록 푸른빛이 도는 청록. 이번 컴백의 이상한 머리 담당은 진일이구나, 했는데 그걸 그대로 따라 한 '니벨'이 있을 줄이야. 초록 머리는 좌석 앞에 쇼핑백을 내려두고, 진일의 이름이 형광으로 새겨진 반사 슬로건을 꺼냈다. 그 바람에 쇼핑백 바깥으로 삐져나온 사슴 인형의 뿔이 내 무릎을 찔렀다. 슬그머니 쇼핑백을 옆으로 밀어내며 물었다.

"진일이 사슴 인형이에요?"

"사슴 아니고 노루예요!"

초록 머리는 노루라는 것을 강조하더니 인형을 꺼내 보이면서 "진일이랑 완전 똑같죠?" 하고 웃어 보였다. 윗입술이 올라가며 드러난 치아에 교정기가 잘 닦은 실버 액세서리처럼 반짝였다.

"노루가 하얗네요."

"진일이가 워낙 하얗잖아요."

살면서 흰 노루는 본 적이 없었다. 노루궁뎅이버섯처럼 궁둥이가 흰 노루만 보았지, 털 전체가 하얀 노루는 본 적이 없었다. 하기는 저 인형도 삼등신으로 만들어놓은 사람의 형상에 뿔과 꼬리만 달아놓았는데, 털색이 이렇다 저렇다 따지는 것도 이상

했다. 요즘 애들이 말하는 '모에화'라는 것이 그런가 보다 해야
겠지. 출처를 모르는 단어들과 새로 익힌 용어들이 머릿속에 어
지럽게 떠다니던 날들이었다. 어떤 말이 어떤 뉘앙스로 쓰이는
지 몰라 실수한 적도 더러 있었다. 습관처럼 올라오는 의문을 삼
키고 "정말 사랑스러운 인형이네요" 하고 맞장구를 쳐주었다.

초록 머리는 '진일이 노루 인형'을 다시 쇼핑백에 조심스레
집어넣고, 공식 응원봉인 '야호봉'을 꺼내 건전지를 갈았다. 야
호봉은 벌써부터 중앙제어장치에 의해 오렌지색과 초록색, 하
늘색과 보라색으로 알록달록하게 깜빡였다. 나는 야호봉의 전
원을 잠시 끄고 가방에서 망원경을 꺼냈다.

자리는 2층 맨 끝자리의 왼쪽 사이드 석. 천 석이 안 되는 규
모의 콘서트홀은 아이돌 공연 장소로는 크다고 볼 수 없었지만,
무대에서 가장 멀리 떨어진 좌석에 앉다 보니 제법 광활하게 느
껴졌다. 맨눈으로는 나의 최애가 웃는지 우는지, 시선이 어디로
향하는지 조금도 짐작할 수 없는 거리, 1층 앞 열에 커다란 카메
라를 들고 앉은 '홈마'가 트위터에 실시간으로 올려주는 '프리
뷰' 사진이 훨씬 선명한 자리였다. 공연 이틀 전에 겨우 양도 표
를 구하고 가장 먼저 챙긴 것은 20구경 50배율의 나시카 망원경
이었다.

망원경은 제주로 내려오기 전 명동의 작은 호텔에서 일할 때,
일본인 관광객이 앨범 수십 장과 함께 두고 간 습득물이었다. 외

국 팬들이 사인회에 응모하려고 앨범을 여러 장 구매했다가 버리고 가는 일은 꽤 흔했다. 1년 이상 찾아가지 않은 물건은 담당 룸메이드가 챙기거나 버리곤 하는데, 쓰레기봉투에 들어가려던 걸 내가 무슨 생각이었는지 집어 들었다. 아마도 그 무렵 처음 구입한 중고차의 CD 플레이어에 당장 뭐라도 넣어보고 싶었던 단순한 마음이 시작이었으려나. 처음 크레스타의 음악이 재밌었던 이유는 가사를 알아들을 수 없어서였다. 분명 우리말인데 외국인 숙박객의 말보다 어렵다는 사실이 낯설고 신기했다. 차에 한 장, 집에 한 장 두고 타국의 언어를 공부하듯 반복해서 들었다. 가사가 의미와 함께 귀에 들어오던 날 처음 유튜브에서 크레스타 무대를 찾아보았다. 돌이킬 수 없는 마음을 품게 될 줄도 모르고 영상들을 끝없이 재생했다.

서둘러 렌즈 덮개를 벗기고 망원경을 눈에 댄 채 무대 근처를 살폈다. 공연 시작 전에 미리 조율해놓아야 새로 공개되는 무대를 첫 곡부터 놓치지 않고 볼 수 있을 테니까. 그런데 망원경의 초점이 맞지 않았다. 지난해 팬 미팅 때만 해도 이렇지 않았는데. 초조한 나머지 렌즈 사이의 조절 휠을 이리저리 돌리며 "이거 왜 이러지, 지금 이러면 안 되는데……" 중얼거리자, 옆 좌석의 초록 머리가 내 셔츠의 접힌 소매 끝을 잡아당겼다.

"언니, 한번 줘봐요."

얼떨결에 망원경을 바로 건넸다. 초록 머리의 허벅지 위에도 내 것과 같은 모델이 놓여 있었다. 제법 무게가 나가는 망원경을 받치고 볼 수 있을 만한 작은 삼각대도 함께. 저런 건 어디서 샀을까…… 한눈에 보기에도 이 바닥에서 잔뼈가 굵어 보이는 준비성 철저한 모습을 넋 놓고 보느라, 초록 머리가 나에게 서슴없이 "언니"라고 불렀다는 사실을 뒤늦게 자각했다.

초록 머리는 망원경 휠을 잠시 만져보다가 가방에서 안경닦이를 꺼냈다. 꼼꼼하고 재빠른 손길로 렌즈를 문질러 닦더니 "이제 됐네요. 얼룩을 안 닦으셨던 거예요. 봐요." 하고 망원경을 내밀었다. 그가 건넨 렌즈를 통해 본 무대는 이래도 되나 싶을 만큼 맑고 또렷했다. 반질반질한 무대 바닥에 희미하게 찍힌 발자국까지 보일 것 같았고, 곧 등장할 나의 최애가 무슨 말을 중얼거리는지, 무슨 생각을 하는지, 어떤 마음을 숨기고 있는지도 투명하게 들여다보일 것만 같았다.

백팩 앞주머니에서 감귤 초콜릿 하나를 꺼내어 내밀었다. 콘서트홀에는 실수로 히터라도 튼 듯 에어컨에서 더운 바람이 나왔고, 초콜릿 표면은 녹아가고 있었지만 당장 고마움을 표현할 물건이 그것뿐이었다. 그는 포장지 입구만 뜯어 짜 먹는 젤리를 흡입하듯 입안에 초콜릿을 밀어 넣었다. 잠시 렌즈 뚜껑과 티켓 같은 것들을 정리하고 다시 그를 봤는데, 옆머리에 녹은 초콜릿이 길게 묻어 있었다. 내 흑갈색 머리였다면 초콜릿이 묻든 말든 아무도 몰랐을 텐데, 밝은 초록색 머리카락에 짙은 고동색 줄은 뭐랄까, 실수로 염색을 놓친 부분처럼 보였달까.

"묻었어요."

휴대폰 카메라를 셀카 모드로 켜서 초록 머리 앞에 대주고 급한 대로 티슈에 생수를 묻혀 건네자, 그는 싱글싱글 웃었다.

"오, 나뭇가지 같고 멋진데요? 다음엔 이대로 초코색 브릿지를 넣을까 봐요."

지난 1집 수록곡을 흥얼거리며 내 휴대폰을 거울 삼아 머리를 닦던 초록 머리가 "어, 꺼졌다" 하고 화면을 가렸다. 설정해둔 시간이 지나 까매진 화면을 다시 밝히자, 호빈이가 배경인 홈 잠금 화면이 떴다. 초록 머리가 "헐!" 하더니 빠르게 말을 늘어놓았다. 언니의 최애가 호빈이냐고, 자신도 호빈이를 좋아한다고, 호빈이를 세상에서 진일이 다음으로 예뻐한다고, 그러면서 머리를 툭툭 털며 다시 웃어 보였다. 순간 그가 친근하게 느껴져 나도 차애가 진일이라고 고백했다.

"아, 진짜요? 그럼 우리……."

초록 머리는 하려던 말을 삼키고 내 손을 덥석 잡더니 악수하듯 흔들었다. 차애라는 말은 뱉어본 적 없어 입에 잘 붙지 않았지만, 거짓말은 아니었다. 진일은 노래도 랩도 별로였지만, 춤은 전문 댄서처럼 잘 췄다. 마치 음감과 목소리와 성량을 팔아 춤 실력을 얻기라도 한 사람처럼 실력에 편차가 있었다. 음원에는 차라리 없는 것이 낫지만 무대에서는 꼭 있어야 하는 존재, '음소거 무대 장인'. 나는 눈이 아닌 귀로 먼저 애들을 접해서인지 진일의 존재를 뒤늦게 눈여겨보게 되었는데, 이유가 춤은 아니었다. 두 살 형인 호빈이를 유난히 잘 따른다는 점, 호빈이와 숙소 룸메이트여서 호빈의 일화를 팬들에게 많이 풀어준다는 점. 그 사실 하나로 그에게 관심이 갔다. 진심을 증명이라도 해 보이듯 내내 얼굴을 향해 부치고 있던 플라스틱 부채를 내밀어 보였다. 한라봉 까먹는 호빈의 얼굴을 어떤 팬이 투명 부채에 인쇄해 소량으로 팔기에 운송비 포함 만이천 원에 구한 것이었다.

"이 한라봉 사진, 진일이가 찍어준 거잖아요. 지난번 브이앱에서 올려주기로 약속했던 거요. 진일이가 사진 인화까지 해서 투명 폰 케이스에 애지중지 끼우고 다니던 거, 님 이 사진 뭔지 아시죠?"

초록 머리라면 자신의 최애인 진일의 개인 라이브 영상을 분명 챙겨 봤을 테니까. 나는 확신에 찬 목소리로 물었고, 들뜬 나머지 그를 '님'이라는 이상한 호칭으로 부른 줄도 몰랐다. 그런 나를 유심히 쳐다보던 초록 머리는 갑자기 조심스레 상체를 숙이면서 은근한 목소리로 물었다.

"언니 우리 사돈이죠? 맞죠?"

"예?"

"에이, '홉일' 하시잖아요. 이 사진 유명한 건데. 호빈이랑 진일이…… 아니에요?"

"아, 우리 호빈이랑 진일이요? 하죠, 그럼요. 제 인생 유일한 즐거움인걸요."

'홉일'이 처음 들어본 단어는 아니었다. 트위터에서 호빈이를 검색하다 보면 한 번씩 진일과 함께 있는 사진이 떴고, 홉일이라는 말을 쓰는 이들이 가끔 눈에 띄었다. 그 수가 많지는 않았지만, 거기엔 상상과 망상을 녹여낸 듯한 짤막한 글이 보일 때도 있어서 팬픽 비슷한 건가, 하고 넘겼었다. 뭐, 매번 '호빈이와 진일이'를 '호빈×진일'이라고 적는 것은 많은 단어를 줄여 쓰는 요즘 애들에게 귀찮은 일일 테니까, 그 둘을 함께 좋아하는 일을 홉일로 부르는 것은 매우 자연스러운 일일 것이다. 내가 담백하게 고개를 끄덕이니까 초록 머리가 제법 진지한 얼굴로 말을 이었다.

"그쵸, 둘이 너무 예쁘게 사귀어요. 오늘도 1차가 좀 터져야 할 텐데요."

"네? 둘이 사귄대요? 사실이에요? 근데 오늘 또 뭐가 터져요?"

순간 나도 모르게 눈을 크게 뜨고 되물었더니 초록 머리가 슬그머니 상체를 뒤로 빼고 머리를 긁적였다.

"아니, 그…… 2차에서요. 2차에서는 무슨 일이든 일어날 수 있잖아요."

"2차요? 아하……."

류시은

무슨 말인지 정확하게 이해하지는 못했지만, 나는 무대 방향으로 얼굴을 돌리고 짐짓 유쾌한 척 고개를 끄덕였다. 드디어 누군가 에어컨 온도를 내렸는지, 목덜미에 닿는 바람이 서늘하게 식어 있었다. 마침 객석의 불이 한 단계 더 어두워지고 인트로 음악과 함께 스크린이 켜지지 않았더라면, 궁금함을 참지 못하고 눈치 없이 몇 가지 더 물었을지도 몰랐다. 저, 근데 2차가 무슨 말이에요? 추철선이 우리 애들 2차 보낸대요? 2차 가서 우리 애들이 사귀게 된 거예요? 그러라고 시켰대요? 아무리 망해간다고 해도 그렇지 이 기획사 진짜 너무한 거 아니에요? 이런 웃지 못할 질문들을. 분명 어벙하게 분노한 표정으로 묻고 또 물어서 그를 난처하고 곤란하게 만들었겠지.

***

끝없이 물이 차오르고 산봉우리마다 섬이 되었다.
그 일을 기억하는 소년들은 언제나 떠 있는 기분으로 살았다.

비가 쏟아지는 장면과 함께 스크린에 일렁이듯 자막이 올라오고 멤버들이 하나둘 총총 걸어 나왔다. 〈구름 호텔〉이라는 서브 곡부터 시작하려는 듯했다. 민트색 셔츠에 밤색 보타이를 매고 흰 면바지를 입은 호빈이가 먼저 눈에 들어왔다. 반바지에

서스펜더를 착용한 멤버들도 보였다. 페이지 보이 콘셉트인 건가? 때마침 리더 다울이가 세상에 마지막 남은 산꼭대기 호텔의 호스트가 콘셉트라며 곡 소개를 했다. 정말 호텔이 배경이었다니…… 나는 스읍, 하고 숨을 들이마셨다.

"흰 구름 위를 걸어, 너를 기다리는 매일, 푸른 민트 잎을 파도 위에 띄워, 웰컴, 웰컴 드링크……."

가사가 유난히 귀에 잘 들어오는 발랄한 듯 음울한 멜로디의 묘하게 힘 빠지는 댄스곡. "네가 와주기만 한다면 레이트 체크인이어도 괜찮아"라고, 하필 내가 속한 업계 용어를 내지르는 호빈의 싸비 부분에서 나는 관자놀이를 지그시 눌렀다. 타이틀 곡이 아니어서 다행이었다.

그러니까 끝없이 비가 쏟아지는 세계, 해수면은 자꾸만 높아져 아주 높은 산봉우리 일곱 군데만 발 디딜 공간으로 남은 지구, 일곱 명의 멤버가 일곱 개 대륙의 높은 산봉우리에 홀로 남겨진 가까운 미래의 어느 날. 이번 정규 2집의 세계관은 철 지난 아포칼립스였다. 이것은 만듦새의 좋고 나쁘고의 문제가 아니었다. 우리 애들 이러다 산으로 가는 거 아닐까, 걱정한 나날들이 스쳐 지나갔다. 정말 곧이곧대로 산으로 올라갈 줄이야. 콘셉트 포토와 티저 영상만 봤을 때는 그래도 희망적인 부분이 분명 있었는데…… 아니, 전국에 두 달 넘도록 이어지던 장마가 간신히 그친 게 엊그제인데, 수해 복구 작업으로 여기저기 난리인데,

류시은

무대에 물 폭탄과 대홍수를 뿌려버리면 어쩌자는 거야.

나는 쇼케이스 초반 몇 분은 내내 망원경을 들고 보다가, 팔뚝이 저리고 손목이 시려와 들었다 내렸다 하며 부스럭거렸다. 초록 머리가 "언니, 삼각대 빌려드릴까요?" 하고 작게 속삭인 뒤로는 어쩐지 민폐가 되는 것 같아 망원경을 아예 백팩에 넣었다. 막상 세 가지 버전의 앨범 구성품 소개를 듣고, 준비된 영상과 수록곡 무대를 차례로 보면서 차츰 망원경을 들 마음이 사라지기도 했고…… 팬들이 누누이 빼달라고 토로했던 요소들을 알뜰히 넣은 타이틀곡까지 확인한 뒤로는 설렁설렁 흔들던 야호봉까지 아예 정리하고, 이마를 짚거나 턱을 괸 채 무대를 바라보았다.

저녁 일곱 시에 시작한 쇼케이스는 예상보다 늦게 끝났다. 초록 머리와 나는 인사할 타이밍을 놓친 채 통로로 줄지어 나오는 사람들에 밀려 주섬주섬 짐을 챙겨 콘서트홀을 나왔다. 관람 전 들떴던 마음은 차분히 가라앉았고, 잠시 길에 눕고 싶을 만큼 몸이 무거워졌다. 며칠 정신이 없기는 했다. 갑자기 연차를 쓸 수 있게 되어 급하게 양도 표를 구하고, 서둘러 김포행 항공권을 예매하고, 콘서트홀에서 멀지 않은 곳에 대충 숙소를 잡은 것이 어제와 그제의 일이었다. 오늘 오전에도 백오피스 회의를 마친 뒤에야 서귀포에서 제주공항으로 이동해 서울로 올라올 수 있었다. 가끔 우리 크레스타 멤버들보다 내가 더 바쁜 건 아닐까, 싶은 날이 있었는데 그게 최근 며칠이었다. 무거운 발을 옮기고 옮겨 지하철역까지 걸어 내려가다가 다시 초록 머리를 마주쳤다.

"강릉은 이렇게까지 안 더운데 오늘 서울 날씨 돌았네요."

초록 머리가 휴대용 선풍기를 대뜸 내 얼굴에 갖다 대더니 먼저 말을 붙였다.

"서귀포도 요샌 이렇게까지 안 더워요."

"오, 언니도 바다 근처 사시네요."

"그렇네요. 우리 애들 세계관에서는 수몰 지역이겠지요?"

"무대 열심히 보셨나 봐요. 저는 최애 얼굴만 보다 끝났는데."

우리는 말없이 몇 블록 더 걸었다. 아가미로도 숨 쉴 수 있을 듯 공기는 축축한데 이상하게 입안은 바짝 말라 말을 이어갈 엄두가 나지 않았다. 수제 맥주를 파는 작은 멕시코 식당 옆을 지날 무렵, 초록 머리가 다시 말을 꺼냈다.

"언니, 맥주 한잔 괜찮아요?"

그러자고 대답하는 나의 목소리가 퍼석하게 갈라져 나왔다. 깊게 생각할 것도 없이 당장 맥주를 목구멍에 들이붓고 싶었다.

콘서트홀의 후미진 좌석과는 달리 운 좋게 창가에 자리 잡은 우리는 부리또 볼과 치미창가를 시키고 나초를 추가했다. 막상 음식 냄새를 맡으니 허기가 졌다. 오전에 호텔 카페에서 당근 스콘에 아이스 아메리카노를 마신 뒤로는 아무것도 먹지 못했다.

류시은

초록 머리는 500cc 맥주를 단번에 비웠다. 그의 맞은편에 앉아 식당 조명을 사이에 두고 보니 깨끗한 눈자위에 통통한 뺨이 생각보다 더 앳되어 보였다.

"혹시 미성년자는 아니시죠? 요새는 두발 자유라고 하니까."

"저 대학 졸업반이에요."

"정말요?"

초록 머리는 국문과 4학년이라고 했다. 이야기를 조금 나누다 보니 나와 생년 끝자리가 같았다. 잠시 정적이 찾아와서 "국문과면 소설 같은 것을 쓰는 것이냐"는 재미없는 질문을 내뱉었는데, 그는 의외로 순순히 그렇다고 대답했다.

"국문과라고 다 소설 쓰고 그러는 건 아닌데…… 그 비슷한 걸 쓰고는 있어요."

초록 머리는 손을 흔들어 맥주 한 잔을 더 시키고서는 말을 이었다.

"뭐, 막 떠들 수 있는 건 아니고요, 그냥 꼴리는 대로 이것저 것……."

초록 머리가 말끝을 얼버무렸다. 곤란한 대답을 어쩔 수 없이 하는 것인지, 은근히 더 물어봐주기를 바라는 것인지 진의를 파악할 수 없어 다른 이야기로 말을 돌렸다. 누구라도 붙잡고 나누고 싶던 이야기를 바로 꺼냈다.

"오늘 쇼케이스 어땠어요? 이번 앨범 괜찮을 것 같아요?"

"네, 저는 오늘 죽어도 괜찮을 것 같은데요."

"예?"

"우리 진일이가 반바지를 입었잖아요. 예쁜 종아리도 보여줬고. 거기다 서스펜더에, 베레모까지 써줬잖아요."

"아니, 앨범 말이에요."

"흠, 앨범이요? 글쎄요, 애초에 음악에는 큰 기대 안 해서요. 뭐 그만하면 잘 뽑은 것 같기도 하고. 보통 듣는 음악은 따로 있지 않나요?"

과연 '음소거 무대 장인'의 팬이 맞구나, 싶었다. 괜한 말을 꺼냈나 싶었지만 그래도 의견을 구할 사람은 눈앞의 초록 머리뿐이었기에, 앞접시에 부리또를 조금 덜어 담으며 조심스레 생각을 읊었다.

"들어봐요. 크레스타가 스페인어로 산봉우리라는 뜻이잖아요. 팬덤 명 니벨도 산의 고도, 물의 수위로 쓰이는 용어라고 하고요. 응원봉도 야호봉이라는 산 관련 이름이고. 이건 데뷔 때부터 픽스된 거잖아요. 근데 왜 그동안 한 번도 이런 세계관 이야기를 안 풀어줬던 걸까요. 데뷔 앨범, 미니 앨범 세 장 다 그냥 지나치고, 정규 1집도 관련 없는 이야기로 앨범을 꾸리더니 애매하게 정규 2집에 와서야 뮤비에 산봉우리를 등장시켰잖아요. 그것도 세상이 곧 끝날 것 같은 대홍수 콘셉트로. 마무리를 짓겠다는 걸까요? 투자 접겠다는 걸까요? 그렇잖아도 한참 방치하다

가까스로 정규 2집 내준 건데."

"언니…… 그건 너무 과몰입이에요. 아직 계약 기간 남았잖
아요."

"아니, 이번 활동도 생각보다 짧게 하고, 음방도 몇 개 안 나온
다고 하니까……."

그간의 앨범들은 수익을 내지 못했으니까, 차트에 진입하지
못했으니까 활동이 줄어드는 것도 이해는 갔다. 무엇보다 얼마
전 데뷔한 소속사 후배 그룹의 앨범 판매량이 크레스타 정규 1집
의 두 배, 아니 세 배를 넘어서면서 기획사의 분위기가 완전히 바
뀌었다. 크레스타에 대한 투자가 노골적으로 줄어드는 것이 무
심히 '덕질'하는 편인 내 눈에도 보였다. 쇼케이스 티켓도 이틀
전 급하게 양도받고 난 뒤에야 알았다. 그냥 티켓 사이트에서 예
매했어도 더 좋은 자리를 구할 수 있었다는 것을. 덕질을 함께할
사람이 없어 정보가 더디다 보니 그새 팬들이 많이 빠져나간 것
도 눈치채지 못했던 것이다.

"언니, 올해 이상기후로 장마가 더럽게 길었잖아요. 여기저기
물에 잠기고, 쓸려가고. 저희 이모네 새로 지은 펜션도 통째로
떠내려가고 난리였어요. 뭐, 여차저차 이런 분위기 속에서 추철
선이 문득 잊고 있던 우리 애들 세계관을 떠올리고, 별안간 이걸
로 함 꾸려봐, 했겠죠. 그게 어쩌다 보니 좀 비관적으로 표현된
것 아닐까요? 우리 애들을 버리든 방치하든 그런 것과는 상관없

이요."

"하긴, 비관은 우리의 지문 같은 거였죠."

추철선은 크레스타가 소속되어 있는 아이언쉽 기획사의 대표이사였다. 드러난 전과는 없지만 피의자 신분이 되어본 적은 있는, 경찰의 압수수색을 두어 번쯤 경험한. 내가 이 아이돌을 좋아해도 되는 걸까, 이들의 음악과 콘텐츠를 소비해도 괜찮은 걸까…… 문득 떠올리면 죄책감과 자괴감에 빠져들게 만들어 평소에는 모르는 척 깊이 묻어두는 이름.

"근본은 별생각 없었을 거예요. 기후 위기가 이슈로 자주 떠오르니까 말이 나오게 된 거겠죠. 그게 트렌드라고 생각하는 거예요."

"기후 위기가 트렌드다? 대홍수가 트렌드다? 그게 말이 돼요?"

"왜, 에코백이랑 텀블러도 수집하는 사람 많잖아요. 패션인 거죠 뭐. 그룹 이름 정해질 무렵에도 그냥 자기가 한창 등산에 빠져 있어서 그렇게 지었던 것일 뿐이잖아요. 그때 스페인에서 만난 애인이 등산복 디자이너여서 애들 첫 무대 등산복 입혀서 내보냈던 거 아시죠? 그냥 지구 어디선가 전쟁 난 사건에 꽂히면 애들 밀리터리 룩에 장난감 총 쥐여서 무대 세울 사람인 거예요. 아, 이건 선배 그룹이 '해피 솔저'에서 이미 했던 건가……"

데뷔 앨범은 주로 귀로만 들어 잠시 잊고 있었다. '등산돌'로 반짝 화제가 되었던 무대를. 데뷔 곡은 산과 아무런 관련이 없는

류시은

곡이었는데도 등산복을 입고 나와서 나도 의아했었다. 특히 데뷔 첫 주에 돌았던 음악방송 무대들은 나도 두 번 이상 본 적 없었다. 호빈이는 500ml 생수병을 꽂은 등산 배낭을 메고 나와 노래를 불렀고, 래퍼인 스티브는 페이즐리 문양의 손수건을 묶은 등산 스틱을 휘두르며 무대를 누볐다. 격한 춤을 많이 춰야 했던 진일이는 뜬금없이 래시가드를 입었는데, 제일 마르고 왜소한 멤버에게 난데없이 그런 의상을 입힌 이유는 여전히 아무도 알아내지 못했다.

"그냥 추철선이 문제인 거예요. 다 그 또라이 새끼 탓이지 우리 애들은 잘못 없어요. 막말로, 조금 망했을 뿐이지 상한 건 아니잖아요? 아직 사고 친 애들도 없고요."

"상한 건 아니라고요? 마음이 상했잖아요!"

"언니, 너무 깊이 생각하지 말아요. 우리는 즐겁게 덕질만 하면 되는 거예요. 우리가 무얼 할 수 있겠어요? 다른 방법이 없잖아요?"

그는 별안간 그렇게 결론지으며 맥주잔을 내 잔에 가볍게 부딪쳤다. '뜰' 것 같지는 않다는 느낌, 음원 차트 끝자락에 들락 말락 하다 결국 근처도 못 가보고 활동을 마무리할 거라는 예감에는 면역이 되어 있었다. 다만 이번 앨범이 마지막이 될지도 모른다는 불안감, 무대 위 최애를 볼 날이 점점 줄어들다 곧 사라질 거라는 걱정만큼은 좀처럼 가볍게 떨쳐지지 않았다.

초록 머리와 나는 생맥주를 세 잔씩 들이켰고, 부리또 볼과 나초는 반 이상 남긴 채 일어섰다. 다시 후텁지근한 바깥으로 나왔다. 속이 더부룩했다. 식당 앞의 담배 연기를 피해 빠르게 몇 블록을 걸었다. 타닥타닥, 날벌레 타는 소리가 들려오는 편의점 앞에 멈추어 서서 물었다.

"지금 고터 가면 강릉 가는 버스 있어요?"

"24시 카페에서 아침까지 놀다 첫차 타려고요."

"뭐 하고 놀게요? 근처에 숙소 잡았는데 눈 좀 붙이고 가죠. 밖에서 혼자 밤새우는 건 좀 그렇잖아요."

혼자 호텔에 들어가고 싶지는 않았다. 쇼케이스 티켓을 구하고 급하게 비즈니스호텔을 잡아두기는 했지만, 시간적 여유가 있었다면 다른 방법을 찾았을 것이다. 이 시간에 로비에 들어서면 늦은 밤 출근하는 기분이 들 것 같았으니까.

명동의 호텔에서 프런트 데스크를 볼 때, 잠이 없다는 이유로 자진해서 나이트를 많이 섰다. 쓸쓸한 일들은 대체로 늦은 밤에 일어난다는 사실을 잘 모르던 시절이었다. 어디선가 탄내가 난다는 콜을 받고 해당 층으로 뛰어 올라갔던 밤. 종아리 근육이 녹아버린 듯 발이 떨어지지 않아 무릎으로 복도를 기었던 날. 테이프를 붙인 욕실 문을 뜯어내듯 열고 무엇을 보았더라······ 그 일을 겪은 뒤로는 굽 있는 구두를 신지 않았다. 누군가 나의 팔을 잡아 일으키고 슬리퍼를 신겨주던 감각, 뿌옇게 번지던 연기

류시은

의 잔상만 남았다. 묘하게 가볍고 우울한 댄스곡 〈구름 호텔〉의 "웰컴, 웰컴 드링크" 부분의 멜로디가 귓가에 맴돌았다. "네가 와 주기만 한다면 레이트 체크인이어도 괜찮아"라는 가사가 호빈이 파트였지, 아마.

"같이 가주실 거죠?"

초록 머리를 한 번 더 붙잡았다.

객실은 더블 침대 하나만으로도 꽉 차서, 엑스트라베드를 넣을 만한 공간은 없어 보였다. 어느 정도 예상은 했지만 막상 방안에 들어서고 보니 초록 머리에게 미안했다. 누군가와 함께 올 줄 알았더라면 분명 트윈베드, 아니 다른 호텔을 예약했을 것이었다. 침대 옆 객실 전화기의 수화기를 들고 0번을 누르려다 잠시 망설였다. 무턱대고 룸 업그레이드를 요청하거나 사소한 트집을 잡아 방을 바꾸어 달라는 손님들에게 얼마나 시달렸던가. 요금을 더 지불할 테니 옮겨달라고 하는 것도 귀찮기는 마찬가지였다. 어쨌든 손님이 문을 한 번 열었던 방은 다시 점검해야 했으니까.

"오, 침대 완전 넓네요."

초록 머리가 에코백과 굿즈들이 들어 있는 쇼핑백을 바닥에 툭, 내려놓으며 넉살 좋게 말했다.

"반어법인가요?"

"왜요. 우리 나란히 앉았던 콘서트홀 좌석 두 자리보다 훨씬 넓잖아요."

초록 머리는 진심인지 장난인지 모를 표정으로 웃어 보였다. 하기는 저 애나 나나 아침 일찍 객실을 나서야 하니까, 차례로 씻고 나면 어차피 몇 시간 잘 수도 없을 것이었다. 화장실 앞 옷장을 열어 샤워 가운 하나를 그에게 건넸다.

"옷 챙겨 온 거 없죠? 이거 잠옷으로 입어요."

"다 벗고 입는 거예요?"

"좋을 대로요."

초록 머리가 먼저 샤워하러 간 사이, 나는 미니바에서 생수 한 통을 꺼내어 화장대 앞으로 갔다. 스툴에 걸터앉아 휴대폰을 열었다. 트위터에 들어가 '홈마'들이 올려준 쇼케이스 사진들을 살폈다. 벌써 프리뷰를 깔끔하게 보정한 사진이 한두 장씩 올라오고 있었다. 멤버들이 콘서트홀에서 나와 밴에 올라타는 영상까지 찍어 올렸던데, 대체 언제 오늘 무대 사진 보정까지 한 걸까. 홈마들의 속도는 언제나 놀라웠다. 오로지 최애를 좋아하는 일에 자신을 던진 사람들답게 빨랐다. 초록 머리의 말이 맞겠지. 지금의 즐거움, 그 이상의 고민은 내 영역 밖의 문제다. 애초에 덕질을 왜 하고 있는지를 생각해보면 명확해진다. 올라오는 사진마다 리트윗을 하고 그중 마음에 드는 사진을 열 장쯤 휴대폰에 저장했을 무렵 초록 머리가 욕실에서 나왔다. 수건으로 머리를 털며 옆으로 다가왔다.

"사진 좀 떴어요?"

"봐요, 진일이."

홈마가 찍은 진일이 사진 하나를 보여줬다. 밤색 베레모에 민트색 반바지, 하얀 니삭스를 신은 진일의 전신사진이었다. 엄지와 검지로 화면을 확대하자, 눈 밑에 바른 푸른색 펄과 큐빅이 박힌 인이어가 조명을 받아 함께 반짝이는 얼굴이 화면 가득 들어찼다. 지나친 반짝임 탓에 사슴같이 둥글고 커다란 눈 아래에 눈물이 고여 있는 것처럼 보였다. 초록 머리가 나른한 목소리로 중얼거렸다.

"하…… 나 오늘 자살할래."

"네?"

"오늘 죽고 싶다고요."

"무슨 말씀이에요, 갑자기?"

내가 휴대폰을 내려두고 갑자기 정색하자 초록 머리가 오히려 놀란 듯 나를 내려다봤다.

"왜요. 좋아서 죽겠다고요. 그냥 흔한 감탄사 같은 거잖아요."

"그래도 그렇지. 그런 말 함부로 쓰지 마요. 진짜요. 진짜 그러면 안 돼요."

"……"

"알아들었어요? 약속해요. 새끼손 내밀어봐요."

초록 머리는 미간을 찌푸리면서도 내가 내민 손가락에 새끼 손가락을 걸었다.

"언니도 참. 꼰대 기질 있으시네요."

"맞아요. 저 꼰대 맞으니까, 약속은 꼭 지키기로 해요."

뒤돌아 바로 욕실로 들어왔다. 세면대 옆에 땀이 서늘하게 식은 셔츠를 벗어두고 거울을 봤다. 가르마를 따라 올라온 새치 두 가닥을 뽑고, 바닥에 떨어진 해초 줄기 같은 머리카락 몇 가닥을 주워 휴지통에 버렸다. 샤워 부스에 들어가 유리문을 닫고 물을 세게 틀었다. 내가 너무 진지하게 정색했나 싶었지만, 아닌 건 아닌 거였다. 자주 읊는 단어는 입에 붙는다. 우리의 비관처럼 지문이 되는 것이다. 씻는 동안 그가 말없이 방을 나갈지도 모른다는 불안감과, 그러지 않았으면 하는 생각이 함께 들었다. 찬물로 몸 안에 남아 있는 더운 기운을 완전히 씻어내고, 체온에 가까운 미지근한 물을 오래 맞았다.

샤워 가운을 여미고 침실로 나가자, 초록 머리는 휴대폰을 손에 꼭 쥔 채 잠들어 있었다. 이른 아침부터 강릉에서 버스 타고 올라와 머리를 초록으로 염색하고, 콘서트홀 앞에서 홈마가 선착순으로 나눠 주는 슬로건을 받고, '진일이 노루 인형' 한정판 굿즈도 사고…… 고단하기는 했을 것이다. 초록 머리가 깨지 않도록 조심스레 이불 안으로 들어갔다. 그와 등을 지고 모로 누워 휴대폰 화면의 조도를 낮추었다. 공식 팬 카페의 'from 크레스타' 게시판에 리더 다울이 쓴 편지가 올라와 있었다. '너무 사랑하는 니벨, 오늘 쇼케이스 와주셔서 너무너무 고맙구요'로 시작하는 '너무'가 너무 많이 들어가는 글을 무심한 눈으로 읽어 내려가는데, 호빈이의 프라이빗 메시지 창이 떴다.

- 아줌마, 자?
- 나 아줌마 보고 싶어서 잠깐 왔어.
- 〈구름 호텔〉 가사 내가 썼는데 어땠어? 좋았어?

〈구름 호텔〉을 호빈이가 썼다고? 세상에 마지막 남은 호텔의 호스트가 콘셉트인 요상한 곡을? 갑자기 심장이 뛰어 이불자락을 쥐었다. 작곡이든 작사든 누가 만들었는지 꼼꼼히 살펴보지 않았던 건, 그동안 호빈이가 그런 작업에 참여한 적 없었기 때문이었다. 어쩐지 이상하리만큼 귀에 잘 들어오더라니. 그럼 저작권료도 받는 건가? 나는 '그 곡이 타이틀이 되었어야 했는데!' 하고 새로운 진심을 채팅창에 입력했다. 최애가 보는 채팅창에는 내 글이 빠르게 올라가는 수백 개의 문장에 파묻혀 있겠지만, '이번 앨범 대박이야, 완전 기대 돼' 같은 마음에 없던 문장들도 몇 개 더 전송했다. 호빈은 잠시 밀려 올라오는 채팅창을 읽는 듯 뜸을 들이다가 말을 이었다.

- 밤에도 낮에도 내 생각 계속 해줘야 돼. 우리 노래 들으면서.

- 아줌마 오래 만나려면 나 이번에 정말 잘돼야 하거든.

- 아줌마, 오늘도 사랑해요, 꿈에서 만나.

나는 잠시 허여멀건한 객실 천장을 보며 멍하니 누워 있다가, 프라이빗 메시지 애플리케이션에 다시 들어갔다. 매달 칠천구백 원의 구독료를 지불하면 멤버 1인을 선택해 메시지를 받을 수 있었다. 호칭을 마음대로 설정하는 것도 가능했다. 최애가 보내는 메시지는 미리 입력해둔 호칭으로 변환되어 나의 채팅창에 전달되었다. 아무 때나 바꿀 수도 있었다. 처음엔 멋모르고 곧이곧대로 내 이름을 적었다가, 어쩐지 민망하고 어색해서 한동안 그냥 팬덤 명으로 해두었다. 아줌마로 바꾼 건 최근이었다. 얼마 전 어떤 숙박객이 컴플레인을 해오며 불렀던 호칭을 씻어내고 싶었기 때문이었다. 다시 아줌마를 지우고 니벨로 바꾸었다. 나의 최애 덕분에 이제는 완전히 괜찮아졌으니까.

이 정도가 좋았다. 호칭 따위 설정에 들어가 아무 때나 바꿀 수 있는. 20구경 50배율의 망원 렌즈를 통해야만 표정을 읽을 수 있는. 마음에 드는 모습만 골라 저장할 수 있고, 나의 시간에 맞추어 꺼내 볼 수 있는. 똑같이 휴대폰을 들어도 그쪽에서 나를 찍을 리 없고, 불쾌하게 뜨거운 체온과 끈적이는 체액을 공유할

류시은

일 없고, hpv 고위험군 바이러스 같은 것은 나누어 받지 않아도 되는. 언제든 내키지 않으면 그만둘 수 있는. 그래서 더 달콤하고 안전한. 이만큼의 거리가 이제는 좋고 편했다.

백팩 앞주머니에서 에어팟을 꺼내 양쪽 귀에 꼈다. 음원사이트에 들어가 정규 2집 앨범을 전곡 반복으로 설정해두고 재생 버튼을 눌렀다. 이번 앨범은 몇 번이나 듣게 되려나…… 세 번째 미니 앨범까지만 해도 진지하게 스트리밍을 돌렸다. 음원사이트 계정 세 개를 파서 밤낮없이 음소거로 음악을 틀어놓았다. 백오피스 회의 때, K-POP도 이제는 적극적으로 활용해야 한다며 호텔 카페 배경음악에 BTS와 블랙핑크와 세븐틴 사이 은근슬쩍 크레스타를 끼워 넣기도 했다. 음원 차트에 진입할 수 있을 거라고 진지하게 믿었던 때였으니 그럴 수 있었던 것이지만. 헛된 욕심과 갈망을 내려둔 뒤로는 최애가 뭐라고 하소연을 하든 냉정하게 듣고 싶을 때만 들었다. 최애를 좋아하는 일에는 되도록 좋아하는 일로만 채우고 싶었으니까.

문득 콘서트홀에서 초록 머리가 말했던 홉일이 떠올랐다. 그때 그의 눈이 그랬다. 좋아하는 것을 집요하고 성실하게 좇아온 사람의 눈. '홉일'을 검색창에 넣어보았다. 역시 팬픽의 한 구절을 떼어낸 것 같은 짤막한 글과, 호빈과 진일이 함께 나온 사진 같은 것들이 드문드문 떴다. 내친김에 초록 머리가 말했던 '2차'도 검색창에 넣어보았다. 1차 창작물을 바탕으로 새로 만든 이야기나 그림, 만화 같은 것을 2차 창작물이라고 하는 것 같았다. 그걸 왜 아이돌 판에서도 쓰는 걸까. 아이돌의 캐릭터와 보여주는 행위도 이미 창작된 거라고 생각해서? 그것까지 만들어진 퍼포먼스로 보니까? 실제 사람으로 창작한다는 의미가 더 강해지면 '리얼 퍼슨 슬래시(Real Person Slash)'에서 따온 알페스가 되는 듯했는데, 내가 보기에는 그 말이 그 말이었다.

그냥 다 편하게 '문학'이라고 부르지, 싶었는데 이미 그렇게 사용하는 사람들이 있었다. 선생님, 이건 문학입니다! 제발 더 써주세요, 더 써달라고요, 하며 독촉받는 작가들이 있었다. 그럼 초록 머리가 쓴다는 글은 '홉일 문학'이 되는 건가. 홉일 문학이라니, 세상에서 가장 사랑하는 아이와 그다음으로 사랑하는 아이, 그러니까 최애와 차애가 등장하는 문학이라니.

"2차에서는 무슨 일이든 일어날 수 있잖아요."

초록 머리가 그랬던가. 그래서 죽고 싶다는 감탄사가 습관이 된 건가. 최애와 차애가 내가 보고 싶은 모습으로 살아 돌아다니는 세계. 그런 것을 만들고 있었으니까.

***

타닥타닥 소리에 가까스로 눈을 떴다. 자가드 커튼이 걷힌 한 뼘 틈으로 햇살이 들어와 화장대 스툴에 앉아 있는 초록 머리의

류시은

등을 비추고 있었다. 아침부터 뭘 저렇게 쓰는 걸까. 휴대폰을 찾아 시간을 확인하니 오전 열한 시였다. 탑승했어야 할 아홉 시 비행기는 이미 제주에 착륙하고도 남았을 시간이었다.

"아…… 이런."

"일어나셨어요?"

초록 머리가 뒤돌아보며 노트북 덮개를 닫았다. 옷도 다 입었고 머리도 빗은 듯 단정했고 노트북 옆에는 나가서 테이크아웃으로 사 온 듯한 커피가 놓여 있었다. 새벽 여섯 시에 내가 맞춰놓은 알람이 한참 울렸을 텐데, 일어날 때까지 기다려준 건가.

"오후에 알바 있다고 하지 않았어요? 그래서 꼭 첫차 타야 된다고."

"괜찮아요. 그렇잖아도 오늘 째고 싶었어요."

"죄송해서 어쩌죠."

"저 배고파요. 냉모밀 먹고 싶어요."

호텔 지하는 백화점과 이어져 있었다. 푸드 코트의 퓨전 일식집에서 냉모밀 두 그릇을 먹고, 에스컬레이터를 타고 한 층 더 내려갔다. 지하철로 연결되는 지하 2층에는 액세서리 숍과 문구점, 캐주얼 의류 매장들이 있었다. 들릴 듯 말 듯 노래를 흥얼거리며 걷던 초록 머리가 갑자기 "미친!" 하며 손으로 어딘가를 가리켰다. 그의 손끝을 따라 어느 의류 매장 안에 서 있는 마네킹을 보았다. 눈, 코, 입 없는 허연 얼굴의 마네킹이 입은 티셔츠를 보고 나도 동시에 "어⋯⋯!" 하며 자연스레 그 앞으로 다가갔다.

파도가 부서지는 드넓은 해변에 히비스커스가 그려진 서핑보드, 빨간 페라리가 프린트된 하늘색 오버핏 티셔츠. 우리는 그것이 무엇인지 거의 동시에 알아보았다. 기획사에서 만들어준 자체 콘텐츠 영상에서 호빈과 진일이 맞추어 입었던 옷이었다. 그 영상은 15분씩 잘게 쪼개어져 일주일에 한 번씩 네 번에 나누어 업로드되었다. 덕질할 거리가 부족한 활동 공백기에 거의 한 달 동안 같은 옷차림의 최애를 보았던 것이다. 매장 안으로 들어가 마네킹이 입은 티셔츠의 옷감을 만져보았다. 면이 탄탄하면서도 얇고 부드러웠다. 초록 머리가 가격표를 확인하더니 제안했다.

"이거 두 장 사서 나눠 입을래요? 어제오늘 신세도 졌고, 제가 사드릴게요."

그러고 보니 우리 둘 다 어제 땀에 절었던 옷차림 그대로였다. 문득 매장 앞에 '두 벌 사면 20% 할인'이라는 글귀가 눈에 들어와 흔쾌히 좋다고 했다. 내친김에 바로 갈아입기로 하고 피팅룸에 들어갔다. 단정하지만 지루한 디자인의 출근용 셔츠를 벗고 하늘색 티에 얼굴을 넣으려다 동작을 멈추었다. 티셔츠 뒷면에 파도 거품을 따라 뿌연 흰색 필기체로 적혀 있던 글씨가 갑자

류시은

기 눈에 들어왔다.

*It's no real pleasure in life.**

나는 정색하고 그 문장을 바라보았다. 인생에 진짜 즐거움은
없다? 티셔츠를 입고 나온 영상을 몇 번씩 돌려 보면서도 알아
차리지 못했는데. 나의 최애와 차애는 어째서 이런 문구가 적힌
옷을 입었을까. 다른 직종도 아닌 아이돌이. 즐거움 그 자체여야
할 존재들이.

잠시 이 옷을 입을지 말지 고민하다가, 초록 머리의 발갛게
들뜬 얼굴이 떠올라 그냥 티셔츠에 머리를 넣었다. 추철선이라
는 상징적 존재를 외면하는 마음과 크게 다르지 않다고 생각하
면 여느 때처럼 괜찮을 것이었다. 어차피 백팩을 메면 가려질 부
위기도 했고, 추후에는 잠옷으로 입으면 될 일이고. 서랍 깊숙한
곳에 방치해두면 그만인 티셔츠 한 장일 뿐이었다.

지하철 스크린 도어 앞에서 초록 머리가 내 팔을 잡고 유리에
비친 모습을 가리켰다.
"우리 꼭 커플 같아요."

---

*플래너리 오코너,《A good man is hard to find》마지막 대사 인용.

커플이라는 단어를 듣고 보니 잠들기 전 찾아보던 생소한 단어들이 떠올랐다. 2차라든가, 알페스 같은 것들이.

"어제, 그, 흡일이요. 왜 여쭤보셨던 거예요?"

"아…… 그거요? 그냥 반갑고 싶어서요. 이제 남은 사람이 한 줌이거든요."

반가워서도 아니고 반갑고 싶어서라니. 하기는 세상에 몇 안 되는 니벨들 중 진일과 호빈이라는 멤버를 특히 좋아하고, 그 둘을 엮어서 흡일까지 하는 사람이 몇이나 될까. 초록 머리의 말 그대로 한 줌이겠지. 그마저도 하나둘 사라져 없던 일처럼 고요해지겠지. 문득 끝없이 물이 차올라 섬이 되어버린 산봉우리, 그 끝에 홀로 서 누군가 와주기를 하염없이 기다리던 뮤직비디오 속 진일이가 떠올랐다. 나의 최애가 쓴 가사도 함께.

"레이트 체크인도 괜찮아요?"

초록 머리는 품, 웃더니 "이 언니 과몰입이 습관이셨네" 하고 자신의 트위터 계정 주소를 알려주었다. 그가 알려준 주소를 찍으니 흰 노루 인형이 프로필 사진인 팔로워 스물두 명의 계정이 떴다. 노루 사진 아래로는 P로 시작하는 어떤 홈페이지 주소가 걸려 있고 #크레스타 #흡일 같은 태그가 올라가 있었다. 계정 이름은 슈진. '흡일 문학'의 필명인 걸까. 본명은 주인이나 수진 쯤 되려나. 궁금증이 일었지만 물어보지는 않았다. 우선 팔로우 버튼부터 눌렀다.

류시은

"호빵님?"

휴대폰 화면을 보던 슈진이 그렇게 부른 뒤에야 구독만 하던 나의 계정 이름이 호빵이었던 걸 새삼 기억해냈다. 이직할 곳을 구하지 못한 상태에서 명동의 호텔을 그만두던 날, 크레스타를 덕질하기 위해 처음 트위터 계정을 만들었다. 짐을 다 챙기고 로비를 나서려는데 호텔에서 오래 일한 룸메이드 언니가 휴게실 전자레인지에서 쪄 왔다며 호빵을 건넸다. 다리에 힘이 풀려 복도를 무릎으로 기어가던 밤, 린넨실에서 뛰어나와 내 팔을 잡아 일으키고 연기가 자욱하던 객실의 청소를 맡았던, 그 룸메이드 언니에게 받은 호빵은 따뜻하고 보드라운, 작은 짐승의 하얀 엉덩이 같았다. 그 보송보송한 겉면을 조금씩 떼어 먹다가, 마침 호빵이 호빈이와 앞 글자가 겹친다는 발견에 계정 이름을 호빵으로 적어 넣었다. 다만 누구에게도 그 이름으로 불린 적이 없다 보니 잊고 있었다.

"호빵님, 쪽지 보내요."

슈진도 나의 본명이나 휴대폰 번호 같은 것은 물어보지 않았다. 우리가 다시 볼 날이 있을까. 확신할 수는 없지만 그의 2차 세계에는 한 번쯤 들어가볼 것 같았다. 슈진이 만들어낸 세계에서 나의 최애는 어떤 얼굴로 지내려나. 웃고 있을까. 울고 있을까. 표정이 완전히 사라진 얼굴로 웅크려 있는 건 아니겠지. 오늘 죽겠다는 말 같은 걸 입에 달고서. 고속버스터미널 방향의 지하철이 먼저 도착했다. 전동차 안으로 들어가는 슈진의 뒷모습을 물끄러미 바라보았다. 파도를 따라 흩어지듯 등에 새겨진 문장을 미처 다 읽기 전에 슈진이 뒤돌아 손을 흔들었다.

류시은

아이돌 콘서트에 갔던 어느 분주한 여름날을 기억한다.

최애가 방송에서 입었던 티셔츠를 친구와 맞추어 입고, 서로 다른 자리에서 공연을 관람했다. 등판에 조그맣게 적힌 영어 문구는 뒤늦게 발견했다.

'슈퍼카를 구해 마이애미에 가서 여자들을 꼬시는 거야!'

직시하면 사라지는 것들이 있다. 덧없는 것이 더 절실한 날들도 있다. 진짜가 아니어도 상관없었다. 중요한 건 있는 그대로의 모습이 아니었으니까.

우리는 잠깐 얼굴을 찌푸렸지만 이내 최애 이야기로 돌아갔다. 그 어리석은 문구가 적힌 살구색 커플티 차림으로 잘만 돌아다녔다. 등 뒤의 문구는 그날의 즐거움에 비하면 아주 사소한 문제였다.

    시간이 흘러 광기와 열병의 계절을 멀리 보내고 나니, 무대 위 최애의 모습은 희미하게 증발하고 친구와 끝 모르고 웃던 기억만 온전히 남았다. 맥주를 마시며 떠들던 여름밤의 습한 공기와, 오히려 잘 몰랐던 탓에 불어나기만 했던 마음들. 체크아웃 시간이 다 되어서야 함께 눈을 뜨고 바라본 한낮의 햇살과, 그런 날이 인생에 다시 와줄 것처럼 굴던 우리들…….

2의 감옥

박생강

스무 살의 아리와 동수는 잠수교를 걸었다. 북풍에 두 사람의 입에서 나오는 숨이 금세 하얗게 변했다.

"정말 여기서 봤다니까."

"나하고 똑같이 생긴?"

"거의 똑같이 생겼지만 너보다 완벽했고…… 뭐라 설명하긴 어려운데……."

"뭐래."

동수가 앞서 걸었다.

아리는 잠깐 고개를 옆으로 돌렸다. 주변의 풍경은 어제와 별 다르지 않았다.

그 남자가 너무 잘생겨서 빠진 것은 아니었다. 동수와 데이트

중에도 멋진 사람들이 지나가면 아리는 동공이 커지곤 했다. 남자건 여자건 상관없이 훔쳐보았다.

곁눈질하는 건 동수도 마찬가지였다. 다만 동수는 아리와 다른 매력을 지닌 여자들을 쳐다보았다.

'내가 동수의 이상형은 아니지.'

두 사람은 대학에서 만나 친구로 가까워졌다. 고백은 동수가 했다. 그러나 아리는 알고 있었다. 절친 시절에 동수가 짝사랑하거나 고백했다 차인 선배 누나들이 어떤 사람들이었는지. 그들은 대개 키가 크고 화려하고 성숙한 사람들이었다. 그래서 아리는 같이 걷던 동수의 눈길이 다른 사람에게 가면 마음이 위축되는 기분이 들었다. 그래도 그 눈동자가 얼빠지게 변하거나 목이 너무 돌아가는 정도만 아니라면 아무 말도 하지 않았다. 동수의 마음이 어디론가 달아나는 순간에 이르러서야 눈치를 줬다. 그럴 때면 동수는 아리를 보고 바보처럼 헤헤 웃었다.

아리는 동수의 그런 점이 좋았다. 동수가 너무 잘생겨서 빠진 것은 아니었다. 훈훈하지만 오히려 완벽함에서 약간은 비어 있어서 좋았다. 그 부분이 점점 마음에 차서 동수와 사귈 수도 있다는 생각이 들었던 것이다.

"그런 애들이 있어. 완벽에서 2% 정도 부족한."

아리는 그런 말을 한 적이 있었다. 옆에 있는 동수에게 한 적은 없었지만.

하얀 얼굴에 좀 더 눈이 반짝였다면, 동수는 더 보석처럼 보일 수도 있었다. 하지만 지금의 까무잡잡한 피부에 가끔은 멍해 보이는 눈을 지닌 동수도 괜찮았다. 미소를 지으면 눈이 반짝이진 않지만, 눈가에 서글서글한 주름이 잡혀서 사람을 편안하게 해주었다. 동수가 뭔가 신이 나서 달리고 있으면 한 마리 대형견을 보는 것 같았다.

아리는 동수 옆에 가까이 다가갔다.

"그냥 신기해서 말한 거야."

"농담은 아니고?"

동수가 알 수 없는 표정으로 물었다.

아리는 고민했다. 거짓말을 할 수도 있었다. 네가 그런 농담에도 질투하는 것이 웃겼다고. 하지만 아리는 이틀 전 정말 잠수교 한강변에서 그 남자를 보았다. 남자는 자전거를 타고 여유롭게 달렸다. 용이 그려진 붉은색 셔츠에 흰 바지를 입고 무심하게 페달을 밟았다. 그때 아리는 미묘한 감정을 느꼈다. 동수가 완벽한 미남이었다면 어땠을까 싶은 모습의 남자였다. 잠깐 심장이 쿵, 했지만 반한 건 아니었다.

너무 완벽한 조각 미남이라서 그랬을까? 동수보다 살짝 여성스러운 분위기를 풍겼는데, 그게 그렇게 좋지만은 않았다. 입고 있는 패션도 진짜 아리의 취향과는 거리가 멀었다. 용이 그려진 붉은색 셔츠라니.

"동수 웃기네. 내가 그냥 그런 사람 봤다고 한 건데. 질투를 다 하고."

동수가 고개를 저었다.

"아니, 화난 거 아님. 나도 그냥 궁금한 거지."

아리는 아무래도 이 상황이 바보 같다고 생각했다.

"생각해봐. 우리가 여기 한강변에 온다고 그 남자를 볼 수 있는 것도 아니잖아. 우리 그냥 그런 거 신경 쓰지 말자."

그때였다. 얼어붙은 듯 동수는 움직이지 않았다.

아리는 동수의 그런 표정을 처음 보았다. 헤헤 웃거나, 곁눈질을 하거나, 심지어 두 사람이 함께 침대에 있을 때도 보지 못했던 표정이었다. 아리는 고개를 돌렸다. 자전거를 타고 그 남자가 지나갔다. 이번에도 아리는 반하지 않았다. 오히려 조금 무섭다고 생각했다. 심지어 이유는 알 수 없지만 그 남자가 살짝 고개를 돌려 두 사람을 보고 미소를 지어 보였음에도.

자전거가 지나가자, 동수는 그 뒤를 쫓아가려다 멈칫하더니 아리를 바라보았다. 갑자기 하늘에서 싸라기눈이 내리기 시작했다.

"진짜네, 진짜 잘생겼네."

아리가 동수의 뺨에 묻은 눈을 털어주며 물었다.

"봐, 근데 진짜 너하고 희한하게 닮았지?"

박생강

동수가 고개를 끄덕였다.

"나 성형할까?"

"야, 관둬. 아니다. 우리 동수 눈만 집어볼까?"

그렇게 말하고서 아리는 곧바로 고개를 저었다.

"생각해보니 흉하다. 하지 마."

아리가 보기에 동수가 성형한다고 해서 그 남자와 똑같아질 수 있는 건 아니었다. 오히려 쫓아가려 하면 할수록 동수만의 매력이 사라질 것 같았다.

아리는 이제 모든 해프닝이 끝났다고 생각했다. 하지만 그날 두 사람은 마주 보고 웃지 않았다. 평소와는 달랐다. 서로 농담을 건네다 마음이 상해도 금방 스프링처럼 되돌아와 깔깔대던 사이였다. 하지만 이런 날은 처음이었다. 싸운 건 아니지만, 두 사람 사이에 거리감이 느껴졌다.

두 사람의 머리 위로 하얗게 눈이 쌓였다. 이상하게 동수는 좀 울적해 보였다. 다음 날 동수는 연락이 되지 않았다. 동수의 SNS에 새로운 글도 올라오지 않았다. 일주일이 넘도록.

동수는 2의 감옥으로 들어갔다. 아리와 헤어지고 집으로 돌아가는 길에 깡패를 만났다. 주먹에 맞아 고개가 돌아갔나? 그러다 시비가 붙었나? 그 이후의 장면이 기억나지 않았다. 잠시 시간을 두고 횡단보도를 건너는데, 그때 신호를 위반한 차가 돌진해 왔다. 그 후의 일도 기억나지 않았다. 이어 동수는 아파트 단지 앞에 서 있었다. 아무 생각 없이 호주머니에 손을 집어넣었다. 그 순간 주머니 안에 구멍이 뚫린 것을 느꼈다. 곧바로 손이 주머니 속으로 빨려 들어갔다. 이어 팔뚝과 어깨와 한쪽 몸이 주머니 안으로 사라졌다.

'이건 말도 안 되잖아?'

2의 감옥에서 깨어나자마자 동수의 머릿속에 세 가지 장면이 재빠르게 스쳐 지나갔다. 두 개는 죽을 뻔한 재수 없는 일이었고, 마지막 주머니 사건은 마치 꿈같았다. 이전의 두 사건은 현실적이었다. 허나 뒷부분은 기억나지 않았다. 주머니 사건은 꿈에서나 일어날 법했지만 생생했다. 동수의 존재가 사라지던 그 순간까지 모두 떠올랐다.

'이렇게 주머니 속으로 빨려 들어간 다음 현실에서 사라진다고? 이유가 뭐지?'

동수는 주위를 둘러보았다. 그러곤 마지막 순간의 기분을 다시 느끼려고 바지 주머니에 손을 넣으려다 놀랐다. 주머니가 없었다. 하의 실종이었다. 동수는 무릎까지 내려오는 거대한 부대자루 같은 것을 뒤집어쓰고 있었다.

"이제 정신이 들어요?"

누군가 다가와서 물었다.

"2의 감옥에 온 것을 환영합니다."

박생강

동수는 얼빠진 표정으로 그 남자를 보다가 나지막하게 말했다.

"정…… 우성."

중년의 남자가 포마드를 발라 넘긴 머리를 매만졌다.

"아직도 그렇게 말하는 사람이 있다니 신기하군요."

동수는 남자를 자세히 보았다. 배우 정우성과 이목구비가 거의 똑같았지만, 턱이 좀 더 뾰족해서 비열한 인상이 들었다.

"닮았네요."

"나는 2의 감옥의 교도관입니다."

그 말을 듣자, 동수는 확 열이 치받았다.

"내가 뭘 잘못을 했는데?"

"당신은 교도관이 될 수도 있어요. 나도 당신이 나타나기 전까지는 죄수였으니까요."

"일단 내가 왜 그래야 하는지 모르겠고. 도대체 이게 무슨 악몽인 줄도 모르겠고, 빌어먹을 짭우성 씨."

짭우성은 천국의 사람처럼 해맑게 웃었다.

"그 별명 오랜만에 듣는군요. 하지만 당신이나 나와 같은 운명을 지칭하는 용어가 있죠. 바로 2% 부족한 도플갱어. 거인 같은 퍼펙트에게 짓밟혀서 찌그러진 막걸리 병처럼 변해버린 운명."

순간 동수는 그 의미를 깨달았다. 잠수교에서 보았던 그를 닮은 완벽한 남자. 하지만 그렇게 완벽한 남자를 만났다고 왜 자신이 2의 감옥에 들어와야 하는지 이해할 수 없었다. 교도관은 동수를 바라보며 도플갱어에 대한 설명을 했다.

인간은 도플갱어와 마주하면 그 순간 심장이나 머리통을 감싸 쥐고 허공으로 날아간다. 두 사람의 몸에 흐르는 완벽한 혼의 전류가 둘을 동시에 밀어내는 것이다. 마치 N극과 N극, S극과 S극이 만나면 그 순간 펑 뒤로 밀려나는 것처럼. 그리하여 목이나 허리가 부러지거나, 뇌혈류가 폭발해 죽는다. 심할 경우 자연 발화해 그 자리에서 두 사람 모두 불타버린다.

허나 도플갱어에 대해 알려지지 않은 TMI가 있었다. 도플갱어는 퍼펙트 도플갱어와 2% 부족한 도플갱어로 나뉘진다. 퍼펙트 도플갱어끼리 만날 경우 폭발이 일어난다. 허나 어떤 도플갱어들의 운명은 다르다.

퍼펙트와 2% 부족한 도플갱어가 만난다면?

그럴 경우 두 사람은 마주쳐도 동시에 죽지 않는다. 도플갱어들 사이에서 2%의 힘 차이는 거대하기 때문에, 한쪽 운명이 찌그러질 따름이다. 그리하여 원래 살고 있던 1의 세계에서 밀려나 언젠가 2의 감옥이라는 괴상한 세계로 들어가는 것이었다.

"이건 너무 억울하잖아! 2% 부족하다고 어떻게 골로 가? 어떻게 이런 일이 있냐고!"

짭우성이 천천히 고개를 끄덕거렸다.

"안된 일이죠. 당연히 흔한 일도 아니고. 1의 세계에서 도플갱어와 마주치는 일보다 더 가능성이 낮은 일이니."

'1의 세계라니, 그건 또 뭐야?'

동수는 문득 그런 생각이 들었지만, 지금 당장은 그게 뭔지 알고 싶지도 않았다.

교도관은 동수를 그윽한 눈으로 바라보았다.

"나는 스스로 퍼펙트 도플갱어를 찾아갔으니, 할 말 없죠."

이어 2의 감옥의 교도관이 그의 과거에 대해 털어놓았다.

교도관은 대학 진학 후 부산에서 평범하게 카페 알바를 하고 있었다. 그는 평발이라 군면제였는데, 그 때문에 친구들이 행운의 정우성이라고 불렀다. 그런데 친구들이 부산국제영화제에 참석한 진짜 배우 정우성을 보았다며 호들갑을 떨었다. 호들갑의 이유가 정우성이 미남이라서가 아니었다. 짭우성 또한 정우성에 비벼볼 만하다면서 서울로 가서 배우를 하라고 부추긴 것이다.

그 바람에 1의 세계의 짭우성은 모든 것을 정리하고 서울로 올라왔다. 그는 운이 좋게도 처음 본 영화 오디션에 최종까지 올랐다.

영화는 삼류 양아치가 사랑에 눈뜨는 밑바닥 멜로였다. 연기 경험이라곤 전혀 없는 그가 마지막 오디션까지 간 건 감독이 눈여겨본 덕이었다. 감독이 원한 건 양아치 연기를 하는 젊

은 배우가 아니었다. 본성이 드러나는 날것 그대로의 젊은 사
내였다. 정확한 발음, 대사에 감정 싣는 것 따위는 필요 없었
다. 어차피 주인공은 조폭에게 혀를 3분의 2가량 잘린 인물이
었다.

"첫 기회에 마지막 오디션까지 올라서 너무 황홀했죠. 내가
거기까지 간 이유는 정우성을 닮아서라고 생각했습니다. 그래
서 마지막에 자유연기를 시키면 정우성의 연기를 똑같이 따라
하기로 마음먹었죠."

벙거지에 선글라스를 쓴 키가 큰 심사위원 중 한 명이 그에게
자유연기를 부탁했다. 그때 짭우성은 눈을 부릅뜨고 외쳤다.

"가, 가란 말이야!"

친구들 앞에서 늘 흉내 내던, 당시 유행하던 정우성의 음료
CF 속 연기였다. 순간 현장은 정적이 흘렀다.

"혹시?"

"네, 거기서 봤습니다. 선글라스를 벗은 나의 퍼펙트 도플갱
어를."

"그럼, 교도관님도 오디션장을 나오자마자 2의 감옥으로 왔
어요?"

교도관의 슬픈 표정 때문일까, 동수의 목소리가 갑자기 공손
해졌다.

"그랬다면 다행이게요. 난 10년을 1의 세계에서 굴렀습니다."

"10년이면 오래 있었네요."

"찌그러진 채로, 운명을 저주하면서."

교도관은 오디션에서 떨어진 후, 그의 삶에 대해 털어놓았다. 그는 몇 차례 오디션 1차에서 떨어진 후, 배우의 꿈을 접고 평범한 직장 생활을 이어갔다. 하지만 회식 자리에서는 늘 "가, 가란 말이야!"를 외쳤다. 정우성을 닮았다며 사장이나 여직원들이 꼭 그 멘트를 시켰기 때문이다. 그는 목청껏 외쳤다. 그를 둘러싼 불행한 운명이 물러가기를 바라면서. 안타깝게도 그가 다니던 회사들은 몇 차례나 부도로 폐업했다. 대표들은 밀린 월급을 지불하지 않고 잠적했으며, 그가 사랑한 여자들 역시 다른 남자들에게 떠났다.

교도관은 결국 서른 넘은 나이에 만신창이로 부산으로 내려가는 KTX를 탔다고 했다. 부산의 아는 선배가 고깃집을 차렸는데, 서빙이나 하라는 문자를 보내왔단다. 당시 그는 20kg이나 넘게 살이 붙은 '살찐 짭우성'이었다.

"그때 나는 희미하게나마 탈출할 수 있을 거란 생각이 들었습니다. 물론 부산까지 가는 것이 탈출은 아니었고요."

어두운 터널을 통과하자, 짭우성의 좌석은 텅 비어 있었다. 물론 다른 승객들은 그의 부재에 대해 아무런 관심을 기울이지 않았다. 그 시각 짭우성은 부대 자루 옷을 입은 채 2의 감옥에 들어와 있었다.

"환영합니다. 내가 자네를 너무 오래 기다렸네."

교도관은 한 템포 쉬고 말을 이어갔다.

"그게 내가 처음 들은 말이었죠."

동수가 고개를 갸웃거렸다.

"네?"

"이곳의 전임 교도관에게 말입니다."

동수는 그제야 상황 파악이 됐다. 2의 감옥은 교도관과 죄수 두 명의 2% 부족한 도플갱어로 이루어진 곳이었다. 그리고 그곳이 바로 현실의 1의 세계와 다른 2의 감옥이었다. 퍼펙트 도플갱어를 만나 짓밟힌 이들이 떨어지는.

"그는 누구의 도플갱어였어요?"

"부탁해요."

교도관이 또 한 번 누군가의 목소리를 흉내 냈다.

"이덕화의 도플갱어였군요."

"2% 부족한. 그래도 전임자는 복받았죠. 그는 우연히 백화점 사인회에서 배우 이덕화에게 사인을 받았습니다. 이덕화가 도플갱어를 만났다며 먼저 자청해서 기념사진까지 찍었죠. 하지만 이 2% 부족한 도플갱어는 그 후에 사업이 몰락했어요. 가족들과 뿔뿔이 흩어진 뒤, 낚시꾼 한량으로 20년이나 지내다가 2의 감옥으로 떨어졌습니다. 어느 날인가 저수지에 물보라가 밀려와 그를 삼켰다고 했죠. 눈을 떠 보니 여기였고요."

박생강

동수는 고개를 내저었다.

"이상해."

"뭐가 이상한가요?"

"전 그쪽이 말하는 퍼펙트 도플갱어를 만나고, 바로 그날 밤에 이리로 떨어졌어요."

짭우성이 고개를 내저었다.

"신기한 경우이지만, 불행 중 다행이군요. 대부분 10년 가까이 삶이 짓밟힌 뒤에야 2의 감옥으로 빨려 들어가죠. 사람들은 저처럼 잘생긴 남자의 운명이 그렇게 안 풀린 게 이상하다고 하더군요. 나는 2의 감옥에 들어와서야 그 이유를 깨달았죠. 한 번 짓밟힌 2% 부족한 도플갱어는 1의 세계에서 늘 불행합니다. 그러니 그쪽은 진짜 행운아죠."

"행운아요?"

동수의 얼굴이 찌푸려졌다.

그 순간 동수는 잠수교에서 아리와 헤어졌을 때가 떠올랐다. 자신의 어깨를 툭 치고 지나쳐 간 아리. 작별 인사도 제대로 하지 못했다. 전날은 미스터리였으니 다음 날은 다시 로맨스로 돌아갈 거라 생각했는데, 뜬금없이 빠삐용 신세였다.

벌써 이틀째였다. 동수와는 연락이 되지 않았고, 누구도 그 아이의 소식을 알지 못했다. 그 어디에서도 동수를 만날 수 없자, 아리는 잠수교를 찾아갔다. 그날 놀랍게도 동수를 닮은 완벽한 미남을 만났다. 이번에는 용이 그려진 푸른색 셔츠를 입고 있었다. 아리는 잠시 멍해져 그 뒤를 쫓아갈 생각은 하지도 못했다.

다음 날 아리는 다시 잠수교에 왔다.

'오늘도 나타날까? 이렇게 계속 나타나면 관종 아냐?'

그때 어김없이 같은 시간에 그 남자가 나타났다. 아리는 그 뒤를 따라 계속해서 달렸다. 그 남자가 뭔가 알고 있을 거라는 생각은 들지 않았다. 다만 그 남자에게 대뜸 화라도 내고 싶어졌다. 그런데 이상하게도 그 남자를 따라잡을 수가 없었다. 남자가 점점 더 빨리 달리는 것이 아님에도. 아리는 숨을 헐떡이며 내달리다가 걸음을 멈추었다. 그 남자를 쫓는 것을 포기해서가 아니다. 남자가 사라졌기 때문이다. 아리가 잠깐 다른 방향을 본 것도 아니다. 계속해서 달리고 있었는데, 앞서 자전거를 타고 가던 그 완벽한 남자가 세상에서 사라져버렸다.

아리는 다음 날에도 같은 시간에 그 남자의 뒤를 쫓았다. 이번에는 남자가 먼저 자전거를 멈추었다. 그러곤 빤히 아리를 바라보았다. 아리는 가슴에 창이 박힌 것만 같았다. 남자가 노려봤기 때문이 아니다. 너무나 완벽한 얼굴과 몸이 그녀의 앞에 있다 보니 숨이 막히는 것 같았다. 허나 가슴이 아픈 이유가 그게 전부는 아니었다.

"나한테 반해도 소용없어."

남자가 감정 없는 소리로 말했다.

'패션 테러리스트!'

아리는 욕을 하고 싶었다. 오늘은 심지어 용이 그려진 노란색 셔츠를 입고 있었다.

아리가 고개를 저었다. 두 번 세 번 저었다. 말문이 겨우 트일 때까지. 그녀 곁에서 사라진 소중한 남자에 대해 이야기할 수 있을 때까지. 그사이 완벽한 남자 옆에 키 작고 통통한 시종 같은 꼬마가 나타났다.

"도련님, 저 아가씨를 제가 처리할까요? 우리를 염탐하는 인간이니까요."

통통한 꼬마가 피식 웃었다.

"생각해보니 그전에 숨이 막혀 죽을지도 모르겠습니다요. 하긴 1의 세계의 사람이 0의 천공에 거주하는 왕족을 만나면 제정신이 아니겠죠."

아리가 겨우 숨을 고르고 말했다.

"혹시 당신들이…… 동수를……."

그때 완벽한 남자가 아리를 물끄러미 바라보았다. 그 눈빛이 너무 강렬해서 아리는 잠시 고개를 돌렸다.

"아, 이제 기억이 났어. 맞아, 너 그 옆에 있었지. 그 아이, 정말 운이 없었어."

완벽한 남자가 꼬마를 바라보았다.

"내가 그때 말하지 않았나?"

"아아, 역시 그랬군요. 천공 왕족 도런님의 2% 부족한 도플갱어. 그렇다면 지금쯤은?"

"그렇지. 1의 세계의 퍼펙트도 아니고, 천공의 퍼펙트를 영접했으니 곧바로 2의 감옥에 떨어졌을 거야."

교도관이 손가락으로 딱 소리를 내는 바람에 동수는 고개를 들었다. 갑자기 사방이 온통 시끄러워졌다. 하얀 외벽에 수많은 얼굴이 물방울처럼 하나둘 떠올랐다. 거기에는 익숙한 유명인들의 얼굴이 보였다. 전지현이나 조인성은 물론 2022년의 가장 부유한 셀럽 방시혁의 얼굴도 나타났다. 그 외에도 김영하 같은 유명 소설가나 MB, 이부진, 손석희 등 얼굴만 보면 다 알 법한 사람들의 얼굴로 가득했다.

"저 셀럽들은 뭐죠?"

"가까이 가서 보는 게 어때요?"

"얼굴이 너무 많아요."

"그건 그렇군. 그럼 한 사람만 집중해서 보면 어때요? 뭔가 느껴질 것이니."

동수는 정우성과 음료 광고를 찍었던 전지현을 응시했다. 그런데 1분 정도 눈을 마주하고 있으니 알 수 있었다. 미소 짓는 그녀는 눈이 좀 더 길게 찢어져 있었다. 어깨도 좁고 머릿결도 좀 푸석한 느낌이었다. 아주 미세한 차이가 영상 속 그녀를 슬프게 만드는 듯했다.

"2% 부족하군요."

동수는 씁쓸하게 그 말을 내뱉었다.

"이렇게 수많은 2% 부족한 도플갱어가 살고 있습니다. 하지만 진짜 퍼펙트를 만나지 못해 2의 감옥으로 떨어지지는 않았죠."

동수는 말없이 사람들의 얼굴을 보다가 끝에서 끝으로 내달렸다. 그러곤 숨을 헐떡대며 제자리로 돌아왔다.

"근데 아무리 둘러봐도 나훈아 닮은 너훈아는 없잖아요?"

"그 사람은 나훈아를 똑같이 따라 한 거지, 2% 부족한 도플갱어는 아니니까요."

2% 부족한 도플갱어들은 사실 평범한 사람처럼 살아가는 경우가 더 많았다. 원래 인간이 살아가면서 도플갱어를 마주칠 확률은 벼락 맞을 확률보다 낮았다. 그러니 뉴스에 도플갱어를 만나 급사했다는 기사가 실리지 않는 것이었다. 2% 부족한 도플갱어들은 그보다 더했다. 일상에서 그들보다 빼어난 퍼펙트 도플갱어를 만날 일은 지극히 적었다.

"2% 부족한 도플갱어는 다 유명인과 비슷한가요?"

교도관이 고개를 저었다.

"꼭 그렇지는 않습니다. 다만……."

동수는 교도관의 눈빛이 좀 우울해 보인다고 느꼈다.

"대부분의 2% 부족한 도플갱어는 퍼펙트 도플갱어를 찾지 않죠. 하지만 유명인을 닮은 2% 도플갱어는 자기와 닮은 퍼펙트 도플갱어를 만나보려고 애쓰는 경우가 많습니다. 과연 얼마나 닮았는지 직접 보고 싶은 열망이 강하니까요. 하지만 그가 만났을 때 느끼는 건, 2% 부족한 자신이죠."

"전 제 도플갱어를 만날 생각은 없었어요. 그냥 나보다 얼마나 잘났는지 확인해보고 싶었던 거지. 그런데 너무 잘생기긴 했더라고요. 그렇게 빛이 나는 사람은 처음이었어요."

교도관이 고개를 끄덕였다.

"당신의 퍼펙트는 대단한 에너지를 지녔을 겁니다."

"에너지?"

"당신을 곧바로 2의 감옥으로 밀어 넣었으니."

"나쁜 놈."

교도관이 고개를 저었다.

"나쁜 놈은 아니죠. 그는 그냥 자신의 에너지를 자연스레 방출했을 뿐. 숨을 쉬듯이."

교도관은 동수 앞에서 옷을 벗기 시작했다. 동수가 의아한 눈으로 교도관을 바라보았다. 제복을 벗은 교도관은 다시 동수와 같은 부대 자루 의상을 입고 있었다.

박생강

"이 제복을 입어요. 이제 당신이 교도관이니까."

동수는 제복을 받아 들고는 고개를 내저었다.

"나한테는 너무 크잖아요?"

"입다 보면 알아서 부족한 부분이 채워지죠. 그렇게 2의 감옥
의 교도관이 되는 겁니다."

"그럼, 이제 당신은요?"

"나는 성불하러 길을 떠납니다. 곧 이 세계에서 완벽하게 사
라지게 되겠죠? 그게 나에게는 축복입니다. 이제 여긴 당신의
감옥이니까."

동수는 앞으로 걸어가는 교도관을 물끄러미 바라보았다. 그
러다가 제복을 내려놓고 그 뒤를 따라갔다. 교도관이 동수를 바
라보고 가볍게 고개를 내저었다.

"신임 교도관, 당신이 성불하려면 새로운 도플갱어가 이곳으
로 들어와야 해요. 그전에는 외로워도 혼자여야 하죠."

동수가 빤히 전임 교도관을 바라보았다.

"난 성불 안 하고 탈옥할 건데요. 만나야 할 사람이 있어가
지고."

한강변에 두 남자와 한 여자가 앉아 있다. 세 사람은 치킨을
뜯거나 컵라면을 먹지 않았다. 캔 맥주도 하나 없이 그저 심각한
표정으로 마주 보고 있을 뿐이다. 가장 많이 떠든 사람은 천공의

도련님을 보위하는 꼬마 시종이었다.

"아가씨, 내 말이 이해가 가세요?"

"그러니까 인간은 1의 세계, 당신들은 0의 천공. 동수는 2의 감옥에 있다는 거죠."

"이해가 빠르군."

천공의 왕족이 눈을 내리깔고 담담하게 말했다.

"어려운 건 아니잖아요. 믿어야 할지 말아야 할지 그게 더 큰 문제죠."

천공의 왕족이 다시 아리를 바라보았다.

"믿기 어렵다니? 너는 어제 나를 봤잖아."

아리는 자기도 모르게 고개를 끄덕였다.

맞다. 천공의 왕족이 흔적도 없이 사라지는 걸 그녀는 보았다. 보고도 믿지 못했다. 하지만 그게 1의 세계로 들어온 0의 천공이었던 것이다.

천공의 존재들은 가끔 용을 타고 인간이 사는 1의 세계로 산책을 나온다고 한다. 천공은 매일 눈이 내리는 곳이라 변화무쌍한 1의 세계가 그리워지기 때문이다. 과거에는 용을 타고 1의 세계를 돌아다니기도 했다고 한다. 하지만 요즘은 인간세계에 용을 데리고 오면 일단 눈에 띄기 때문에 그걸 피하려고 자전거로 변신시킨다고 했다. 용이 그려진 티셔츠에 대한 의문도 풀렸다. 그건 일종의 승차권 같은 것이었다. 노란색 티셔츠를 입은 날은 황룡, 푸른색 티셔츠를 입은 날은 청룡을 빌려서 내려오는 거라고.

또한 0의 천공은 1의 세계에 비해 2% 부족한 도플갱어에 대한 이야기가 널리 퍼져 있는 곳이었다. 천공의 존재들은 각각 본인의 2% 부족한 도플갱어를 찾는 '운명 놀이' 같은 게 있다고 했다. 도플갱어끼리 만나 누가 진짜 2% 부족한 도플갱어인지 결투의 장을 벌이는 것이다. 물론 패배자는 바로 2의 감옥행이었다. 2의 감옥은 0의 천공에서 파생된 것이지만, 이제는 1의 세계 사람들도 퍼펙트 도플갱어와 만나면 언젠가 그곳으로 끌려 들어간다고 했다. 그렇게 2의 감옥들은 0과 1의 세계를 떠돌 듯 날아다니며 패배한 도플갱어들을 빨아들이는 것이다. 인간이 사는 1의 세계 하늘에 떠 있는, 눈에는 보이지 않는 인공위성처럼.

"좋아요, 그런데 2의 감옥에는 누가 사는 거죠?"

그 말을 하자 천공의 왕족과 꼬마가 마주 보았다.

"내가 그걸 어떻게 알겠어? 2의 감옥에 갈 일이 없는데."

천공의 왕족이 싸늘하게 대답했다.

아리는 주먹을 꼭 쥐었다.

"아니, 그럼 내가 어디 가서 그 대답을 들어야 해요? 지금 1의 세계에서 2의 감옥의 존재를 아는 건 당신들밖에 없는데."

천공의 왕족이 꼬마 시종을 바라보았다.

"인간은 늘 되바라졌어. 진실을 말하면 화를 내지."

꼬마가 입가에 미소를 띠며 말했다.

"그게 인간의 묘미 아니겠습니까? 그래도 다른 영장류보다는 대화가 잘 통하잖아요."

천공의 왕족이 그 말에 피식 웃었다.

"하긴 그렇긴 해. 나는 늘 나보다 부족한 도플갱어를 찾고 있었지. 그런데 어떻게 1의 세계에 나보다 2% 부족한 도플갱어가 살고 있었을까? 내가 여기서 이 여자애의 말을 들어준 건 그게 신기해서지."

아리는 천공의 왕족을 바라보았다.

"도플갱어는 외모만 닮을 뿐 성격은 닮지 않나 보죠?"

꼬마가 대답했다.

"성격도 같아요. 다만 어떤 성격이 도드라지느냐는 그가 어떻게 사느냐에 따라 달라지는 거지."

천공의 왕족이 꼬마를 쳐다봤다.

"신기하네. 시종, 너 도플갱어에 대해 잘 아는 것 같다."

하지만 꼬마는 왕족이 아니라 아리를 바라보고 있었다.

"그럼요. 제 친형도 도플갱어였으니까요. 퍼펙트가 아니라 2% 부족한."

꼬마가 아리에게 말했다.

"0의 천공과 1의 세계는 이어져 있지만, 인간은 0의 천공으로

박생강

올라갈 수 없어요. 마찬가지로 2의 감옥과 1의 세계도 이어져 있죠. 실은 제 친형도 천공의 존재지만 1의 세계의 인간으로 살고 있습니다. 얼음 세계 천공에 사는 영생의 존재가 아니라, 유한한 인간의 삶을 택했죠."

이어 꼬마의 목소리는 낮아졌다. 누구든 은밀한 세계가 이어진 개구멍에 대해 말할 때는 조심해야 하기에.

교도관과 동수는 말없이 언덕을 올라갔다. 영겁의 시간처럼 쏟아져 내리는 시간의 모래로 이어진 언덕이었다. 시간의 모래는 잘게 깨부순 유리처럼 반짝였다. 가끔 맨발에 유리 조각 같은 모래가 박히면 피가 흘렀다. 이 시간의 모래언덕 너머로 떠나간 교도관은 없었다. 발에서 피를 흘리는 사람은 전임 교도관이었다. 동수는 다행히 교도관의 낡은 구두를 챙겨 신었기에 그저 모래 밟는 소리만이 들릴 따름이었다.

"이런 교도관은 없었을 것 같네요. 구두만 훔치다니."

긴 침묵 끝에 전임 교도관이 말했다.

"나는 교도관이 될 생각이 없어요. 탈옥수가 될 거니까."

전임 교도관은 고개를 내저었다.

"너무 빨리 와서 1의 세계에 대한 미련이 많군요."

"네, 일단 이해가 안 간다고요. 왜 나보다 겨우 2% 잘난 존재를 봤다고 내가 무너져야 하죠?"

"내가 살아보니 꼭 2의 감옥에 오지 않아도 완벽한 존재와 가까워지는 건 종종 독이 되긴 하더군요."

동수는 입가에 미소를 지으며 고개를 끄덕였다. 공감해서가 아니었다. 한 귀로 듣고 한 귀로 흘릴 만한 조언이었기 때문이다. 그렇더라도 동수는 그와 같은 공간에 있는, 이 전임 교도관에게 예의 없이 굴고 싶지는 않았다. 대신 동수는 정말 필요한 것을 물어보았다.

"이 반짝이는 모래언덕을 넘어가면 뭐가 있죠?"

허나 동수는 대답을 듣지 못했다. 푸시시, 촛불이 꺼지는 것 같은 소리가 들리더니 전임 교도관은 사라져버렸다.

'저렇게 허망한 성불이라니.'

동수는 모래언덕에 서서 자신이 걸어온 저 너머를 바라보았다. 만약 그곳에 그대로 서 있었다면, 오지 않은 죄수를 기다리며 혼자 시간을 보냈을 터였다. 혼자 앞으로 걷는 것이 그것보다는 더 나을 거라 생각했다. 하지만 잠시 후에 동수가 마주한 건 절벽이었다. 절벽 아래는 구름에 가려져 있어 아무것도 보이지 않았다.

그 순간에 동수는 이런 생각을 했다.

'여기에 있는 나는 살아 있는 거야? 아니면 죽은 것과 다름없는 거야?'

죽음 위를 걷는 것, 생각해보니 그건 1의 세계에서도 마찬가지였다. 죽기로 마음먹는다면, 한강 다리 위를 걷다가 그대로 강으로 뛰어내릴 수도 있으니까.

하지만 동수는 2의 감옥의 절벽 위에서 죽음을 향해 뛰어내린 건 아니었다. 동수는 거미줄처럼 가느다란 희망을 기대했다. 아리를 다시 만날 수 있다는. 그리고 절벽 아래로 떨어지면서 동수는 생각했다.

'아, 이 감옥의 모양도 2를 닮았구나. 절벽 안쪽이 길고 깊게 패어 있어.'

동수는 2의 감옥에서 1의 세계보다 훨씬 느린 속도로 떨어졌다. 덕분에 동수는 절벽 안쪽을 오래도록 바라볼 여유가 있었다. 하지만 그도 잠시, 동수가 구름 속으로 들어가자 떨어지는 속도가 점점 더 빨라졌다.

자정에 가까운 시간, 세 사람은 서울의 한 오래된 골목에 들어서 있었다. 빌딩과 빌딩 사이에 있는 골목이었는데 가게들은 모두 폐업한 상태였다. 어디선가 퀴퀴한 냄새마저 풍겼다. 아리와 천공의 왕족은 꼬마가 인도하는 대로 뒤따라 걸었다. 아리는 이렇게 허름한 골목 안쪽에 2의 감옥의 문을 열어주는 탈출구가 있다는 것이 신기하다고 생각했다. 그러면서 문득 이 거리 끝에 맨홀이 있고, 그 뚜껑을 열면 2의 감옥이 나오는 게 아닐까 상상했다. 그 구멍에 대고 이름을 부르면, 기분 좋게 들리는 낮은 목소리의 동수가 대답할 것 같았다. 아리는 동수의 목소리를 떠올렸다. 곧 아리의 입가에 희미하게 미소가 떠올랐다.

"술에 취했나?"

천공의 왕족이 물었다.

아리는 천공의 왕족을 바라보았다. 그는 너무 퍼펙트해서 타인을 이해하는 감정조차 필요 없는 존재 같았다.

"그 정도 마셨다고 취하지는 않아요."

2의 감옥의 출구가 1의 세계에서 열릴 시간을 기다리며 그들은 한강변에서 맥주를 마셨다. 이후 아리는 적당히 취기가 오른 채 천공의 두 존재와 이 낯선 골목까지 걸어왔다. 그러나 정작 이곳에 도착하니 술기운이 사라져 정신은 더 또렷해졌다.

"그 세계에도 사랑이 있나요?"

"뭐, 인간 세계와 다르지는 않아. 사랑할 사람은 사랑해. 그런데 나하고 자고 싶은 사람이 너무 많기 때문에, 나는 사랑을 잘 느낄 수가 없지."

"자랑처럼 들리지는 않네요."

"그냥 현실을 이야기하는 거야."

"또 다른 점은?"

"늙어도 죽지 않지."

"그게 영생이에요?"

박생강

천공의 왕족은 잠시 생각에 잠겨 있다가 대답했다.

"나는 일곱 번 정도 태어났어."

"무슨 뜻?"

"늙으면 스스로 깊은 천공의 굴로 들어가. 그곳에서 우리의 몸은 번데기 같은 것으로 변해. 그런 다음 1년 후에 살아나지. 그러면 전생의 기억은 마치 인간의 희미한 꿈처럼 남아."

"좋은 건가요?"

"아니, 번거롭지. 전생이 가끔은 악몽처럼 느껴지거든. 그래서 일부러 2의 감옥에 가려는 이들도 있어. 그곳에 가면 어쨌든 천공의 생이 끝나잖아."

아리의 표정이 굳었다.

"바로 사라지지는 않습니다. 다음 2% 부족한 죄수가 나타날 때까지는 교도관으로 지낸다고 하니까."

꼬마가 걸음을 멈추고 말했다.

"이리 와요. 바로 여기가 2의 감옥의 문이 열리는 곳이니까."

꼬마 옆에 무인증명사진기 부스가 있었다. 아리는 서둘러 무인증명사진기 부스 앞으로 갔다. 암막을 들추고 들여다보니 다른 증명사진기와 다를 바가 없었다. 의자에 앉아서 정면을 보고 증명사진을 찍는 평범한 장소였다.

"세계를 떠도는 2의 감옥은 늘 교도관과 죄수, 단둘만 있는 곳이죠. 하지만 출구가 없는 건 아니에요. 1의 세계에서 2의 감옥을 아는 자가 있으면 문이 열린다고 해요. 자정에 딱 한 번 특별한 장소에서 그의 이름을 부르면 되죠. 형님은 그렇게 탈출했어요. 사실 일부러 2의 감옥에 들어갔으니까요."

꼬마는 그러면서 그의 형님에 대해 말했다. 0의 천공에서 우연찮게 1의 세계에 내려와 인간과 사랑에 빠지는 이들이 있다고 했다. 하지만 천공에서 1의 세계로 내려와 사는 건 거의 불가능하다. 가능한 방법은 2의 감옥에 들어간 다음 탈옥하고, 다시 1의 세계의 인간으로 돌아가는 것이다. 가끔 천공의 존재가 인간과 사랑에 빠졌을 때 그 방법을 택한다고 한다. 천공의 존재들은 알음알음으로 2의 감옥과 1의 세계가 연결되어 문이 열리는 장소를 알고 있었다.

"나는 2의 감옥에 그런 비밀이 있는 줄도, 인간과 사랑에 빠지는 천공의 존재가 있는 줄도 몰랐네."

천공의 왕족이 황당하다는 듯이 말했다.

"그쪽은 사랑을 전혀 모르니까요."

아리가 천공의 왕족에게 시니컬하게 말했다.

꼬마가 아리를 바라보았다.

"자, 이제 1분 남았네요. 들어가서 그 사람의 이름을 불러요. 그럼 돌아올 수 있으니. 단, 그 사람이 절벽 아래로 뛰어내려 감옥의 끝을 향해 걸어오고 있어야 하죠."

아리가 마음을 다잡고 증명사진기 부스 안으로 들어가려고

박생강

할 때였다. 갑자기 천공의 왕족이 아리의 손목을 잡았다. 아리는 그의 완벽한 얼굴과 마주하자 소름이 돋았다.

"나는 천공의 왕족. 너를 위한 선물을 줄게. 솔직히 말하면 너의 미래를 볼 수 있어. 그 남자와 넌 원래 깊은 인연이 아니야. 돌아와도 곧 각자의 길을 갈 거야. 이게 다 쓸모없는 짓이란 거지."

천공의 왕족은 아리의 손목을 놓고 뒤로 빠졌다. 그리고 사악할 정도로 아름답게 웃었다. 아리는 증명사진기 부스 안으로 들어갔다.

동수는 온몸이 부서지는 통증을 느꼈다. 다행히 발목이 부러진 것은 아니었다. 동수는 절뚝거리며 앞을 향해 걸어갔다. 눈앞에 있는 것은 온통 어둠이었다. 동수는 계속해서 앞으로 걸었다. 가끔 발에 걸리는 것이 있어 넘어질 뻔했지만, 조심스럽게 걷고 또 걸었다. 분명 그 길 끝에 2의 감옥의 출구가 있을 거란 생각이 들었다. 동수는 길가에 쌓여 있는 수없는 가죽들을 밟으면서 지나갔다. 어두워서 그것들이 무엇인지는 보이지 않았다. 그 가죽들은 2의 감옥 끝까지 내려왔다 그대로 말라 굳어버린 2% 부족한 도플갱어들이었다. 성불하지도 못하고, 살아남지도 못하고, 사랑하는 사람들이 불러주는 목소리도 듣지 못했다. 그리하여 죽지도 살지도 못하고 그대로 굳어 쓰러져버린 사람들.

얼마나 걸었을까. 동수의 귀에 그의 이름을 부르는 아리의 목소리가 들려왔다.

'환청인가? 아니면 진짜 아리가 나를 부르는 걸까?'

그때 동수의 맨발을 감싼 신발이 저절로 뒤로 움직였다. 동수는 앞으로 걸어가려고 했지만 자꾸 뒤로 끌려가기만 했다.

"알겠어. 벌써 2의 감옥의 죄수가 들어온 거야."

동수는 신발이 발을 옭아매기 전에 집어 던졌다. 그리고 맨발로 2% 부족한 도플갱어의 사체를 밟으면서 앞으로 달려갔다. 그때 다시 한번 그의 이름을 부르는 아리의 목소리가 들려왔다.

스물한 살의 아리와 동수는 잠수교를 다시 걸었다. 해가 바뀌고, 두 사람 사이에는 큰일이 하나 있었다. 이런 연인은 없었다. 한 사람은 2의 감옥에 다녀왔고, 나머지 한 명의 0의 천공의 존재들을 만났다. 이들이 겪은 일을 믿을 사람은 이 세상에 이들 두 사람밖에 없었다. 그래서 그들은 여전히 행복했다. 일단 지금 이 순간 이 세상 아무도 알지 못하는 비밀을 둘은 알고 있으니까.

물론 그건 2년 후에 헤어질 이 연인들의 착각이었다. 우리가 사는 세상에는 2의 감옥 출신 사람들이 생각보다 많기 때문이

박생강

다. 오랜만에 만난 친구가 반가운 척을 하다 갑자기 눈길을 피하면서 씁쓸한 표정을 지을 때 넌지시 물어보라. 그동안 어디에 있었는가를.

　'2'를 소재로 한 단편소설 제안을 받았을 때, 곧바로 나는 과거의 한 음료 CF를 떠올렸다. 지금 보기에는 너무 감성에 겨워 손발이 녹아내릴 것 같은 광고였다. 하지만 당시에는 '사랑은 언제나 목마르다', '가, 가란 말이야!' 같은 유행어를 남기며 전국적으로 화제가 된 광고였다. 참 많이 그 음료를 마셨고, 나도 한때 복숭아 맛을 좋아했다.

　술에 취해 그 광고의 카피를 따라 하던 친구들을 알고 있다. 그 광고 카피와 비슷한 문구를 싸이월드 미니홈피에 올린 친구들도 알고 있다. 그때 알고 지내던 사람들은 어디에 있을까, 라는 생각을 하면서 이 소설을 쓰기 시작했다.

　물론 그 발상의 시작과 완성된 소설은 전혀 달랐다. 발상은 '응답하라, 목마른 싸이월드' 같은 느낌이었는데, 결과물은 '너와 나의 2의 감옥' 같은 이야기로 만들어졌다.

2는 그런 것이다. 1이 직선으로 간다면, 2는 어딘가 구부러져 있고, 미끄덩거리며, 뱀인 동시에 백조와 같은 느낌이다. 그렇기에 2는 단순히 1보다 뒤편에 있는 것이 아니라 1을 주름잡아 다른 모양으로 펼쳐낸 세계로 다가오기도 한다. 그렇기에 소설가가 1의 방식이 아니라 2의 방식으로 이야기를 풀어갈 때, 전혀 상상하지 못한 지점들이 뜬금없이 나타난다. 이 소설도 그랬다. 순간순간 2의 절벽에 뛰어내려 다른 세계와 이리저리 부딪치는 걸 즐겼다.

작가의 말을 쓰는데, 왜 그 시절에 즐겨 듣던 '모임 별'의 〈2〉가 떠오를까?

다음이 있다면

서유미

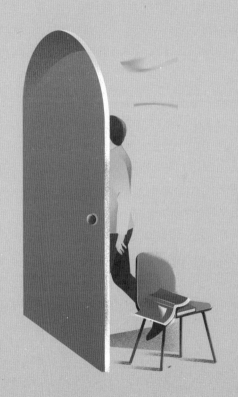

사장은 석 달만 일하면 된다고 했다. 석 달 뒤에 문을 닫을 거라 그동안 일할 사람을 구하고 있다고 했다. 임대료가 싸서 커피 값이나 뽑자는 계산으로 카페를 열었는데, 이제 믿고 맡길 사람도 없고 근처에 더 저렴한 커피를 파는 곳도 많아져서 문을 닫을 수밖에 없다고 했다.

"석 달인데 괜찮겠어요?"

사장은 냉동 딸기를 믹서기에 넣으며 물었다.

석 달이면 대략 한 해가 마무리되는 시점이었다. 미진은 괜찮다고 대답하며 카페 안을 둘러보았다. 직사각형의 좁다랗고 긴 카페의 벽에는 커다란 초록색 나무와 바람에 떠가는 하얗고 풍성한 민들레 홀씨 그림이 걸려 있었다. 액자 속의 그림들은 색이 진하고 선이 둥글고 부드러웠다. 새벽에 지나가며 봤을 때는 불이 꺼져 있어 카페라기보다 운행을 멈춘 열차의 한 칸 같은 인상을 받았다. 안에 들어오니 건물과 건물 사이의 비밀스러운 틈에 있는 기분이었다. 사장은 그동안 조카가 카페를 맡아서 운영했는데 큰 시험에 붙어서 그만두게 됐다며 어깨를 으쓱했다. 믹서기의 소음 사이로 사장의 목소리가 끊겼다가 다시 이어졌다. 오후가 되어 립스틱이 조금 지워진 사장의 얼굴을 보며 미진은 형식적으로 고개를 끄덕거렸다. 면접을 보러 와서 가게의 결말에 대해 듣는 건 처음이었다.

사장은 길 건너편에서 공인중개소를 운영한다며 손으로 출입문 너머를 가리켰다. 목소리와 화법에서 고객 상대하는 일을 오래 해온 사람 특유의 분위기가 전해졌다. 잠시 동안 일할 사람을 뽑는다 해도 카페 알바나 서비스직 경력이 있는지 물어볼 법한데, 사장은 이력서를 한 번 훑어본 뒤 미진이 30대이고 조카와 인상이 비슷해서 믿음이 간다고 했다. 그런 다음 믹서기에 있는 딸기주스를 컵에 담아 미진에게 건넸다.

"여기는 손님이 별로 없어요. 일이 편해서 조카가 시험에 붙었잖아."

조카 얘기를 하며 사장은 다시 어깨를 으쓱거렸다.

"아침에 내가 커피를 몇 잔 가져갈 거고 중간에 중개소에 손님이 오면 전화할 테니까 그때 만들어주기만 하면 돼요."

　　　　서유미

카페 일은 처음이라고 하자 조카가 만들었다는 레시피 노트를 건넸다. 웬만한 건 그 안에 다 있다고 했다. 오전에 출근해서 간단한 청소와 오픈 준비만 해놓은 뒤 손님이 없을 때는 책을 보거나 공부를 해도 괜찮다고 했다. 면접을 보는 동안 카페 출입문은 한 번도 열리지 않았다. 그 점은 마음에 들었다. 면접을 보러 왔는데 사장이 과일주스를 만들어 주는 것도 좋았다.

아침 9시에 카페 문을 열고 매장 안을 간단히 청소했다. 그런 다음 사장이 가져갈 커피를 내렸다. 두 잔의 커피만으로도 좁다란 매장 안에는 커피 향이 가득 찼다. 점심을 먹고 온 사장과 그의 일행이 커피를 한 잔씩 테이크아웃했다.

"이 동네에 카페가 아무리 많아도 난 우리 가게에서 내린 커피가 제일 맛있더라."

뜨거운 커피를 마시는 사장의 안경 위로 만족감이 부옇게 서렸다.

조카가 정리해둔 거라는 머신 사용법과 음료 레시피는 자세하고 섬세했다. 그대로 따라 하면 실수할 일이 없을 것 같았지만 일주일이 지나도록 커피 외에 다른 음료를 만들 기회는 생기지 않았다. 사장을 제외하고 손님은 하루에 평균 다섯 명 정도. 전부 테이크아웃 주문이라서 오후에 사장이 커피를 테이크아웃해 가면 할 일이 끝났다는 느낌이 들었다. 미진은 카운터에 앉아 음악을 들으며 출입문 밖을 바라보았다. 매장 안에는 창문이 없어 출입문 유리를 통해서만 밖을 내다볼 수 있었다. 문은 견고하고 문밖은 아득해 보였다. 카페에는 할 일 없고 목적 없는 빈 시간이 고여 있었다. 미진은 준비해야 할 시험도 없고 읽고 싶은 책도, 하고 싶은 일도 없었다. 자신의 인생이 어디로 가고 있는지도 모르고 알고 싶지도 않았다. 그저 침대 밖으로 나와 약간의 돈을 번다는 사실로 위안을 얻었다.

미진이 방문을 잠그고 침대에서 지내는 동안 가족들은 미진에게 철이 없다고도 했고 아직 젊으니 다시 시작할 수 있다고도 했다. 평균수명이 늘어나서 넌 20대나 마찬가지야. 미진을 일으켜보려고 이런저런 말을 보냈지만 기운이 나지 않았고 30대 중반에게 20대 운운하는 소리도 듣기 싫었다. 아무도 만나고 싶지 않았고 아무것도 하고 싶지 않았다. 계속 이런 식으로 지내면 이 세계에서 완전히 분리되어 도태되고 혼자만 남게 되리라는 걸 아는데도 어쩔 수 없었다.

일 년 전부터 회사에는 사업 축소와 구조 조정 소식이 떠돌았고 반년 전에 최종 명단이 발표되었다. 사촌이 회사 근처로 찾아온 건 미진이 퇴사를 몇 주 남겨둔 시점이었다. 회사의 결정에 반발하는 사람들과 이직할 곳을 발 빠르게 알아보는 사람들 사이에서 미진은 아무 의욕 없이 손을 놓은 채 퇴사를 기다리고 있었다. 몇 년 동안 일했는데 모아놓은 돈도 없고 다시 어딘가에

서유미

들어갈 자신도 없어서 마음이 바닥에 붙은 상태였다.

　대학 때까지는 동갑내기 사촌과 친해서 서로의 학교 근처에서 만나 맥주를 마시기도 했는데, 졸업한 뒤로는 명절 때 친척들과 만나 밥 한 끼 먹으며 반주를 몇 잔 곁들이는 게 다였다. 그러면서 반년이나 일 년 동안의 근황에 대해 간단히 이야기했다. 명절날 친척들이 나누는 대화와 달리 허세와 자기 과시 같은 건 걷어냈지만, 속사정까지 털어놓을 정도로 친한 건 아니었다. 그런데 사촌이 20대 때의 어느 날처럼 전화를 걸어 "맥주 한잔할래?" 하고 물어온 것이다. 외근 나왔다가 퇴근하는데 미진의 회사가 이 근처라는 게 떠올랐다고 했다.

　"그걸 기억하다니 놀라운데."

　아무 일 없이 그냥 보자고 하는 게 오랜만이라 미진은 반갑다기보다 궁금증이 앞섰다. 평소에 동료들과 가끔 들르던 술집의 약도를 보냈다.

　추석 때 보고 반년 만에 만나는 사촌은 양복바지 위에 니트를 걸쳤는데 좀 야윈 것 같았다.

　"갑자기 보자고 해서 무슨 일이 있나 했어."

　미진은 저녁으로 주문한 전골을 떠먹으며 그의 얼굴을 살폈다. 표정은 밝은데 안색이 거무스름했다. 면도하면서 놓친 수염 몇 가닥이 턱 아래쪽에 남아 있었다.

　"하고 싶은 일은 미루지 않기로 마음먹었거든. 그래서 너한테 연락한 거야."

국물 맛이 좋다며 사촌도 금세 앞접시를 비웠다. 이모를 닮은 눈매와 입매에서 외가 쪽 얼굴이 보였다. 어릴 때 미진과 사촌은 종종 남매나 쌍둥이로 오해받았다.

"면도 못하는 건 여전하네. 나한테 왜 연락하고 싶었는데?"

미진이 술잔을 채우자 사촌이 턱을 쓰다듬으며 웃었다. 미진은 자신도 웃을 때 저렇게 실없어 보이는지 궁금했다.

몇 달 전, 사촌은 출근하다가 횡단보도에서 세게 넘어졌다고 했다. 지각할까 봐 뛰어가던 중에 갑자기 오토바이가 움직였고, 그걸 피하려다 미끄러지면서 머리를 바닥에 세게 부딪혔다. 경황이 없기도 하고 쪽팔리기도 해서 벌떡 일어나 뒤통수를 문지르며 길을 건넜다. 머리가 떵하고 욱신거렸지만 다행히 피는 나지 않았고 걸어가면서 어지러운 것도 천천히 가라앉았다. 뒤통수에 난 혹만 커다랗게 부풀어 올랐다. 아침부터 재수 없게 넘어졌다는 생각과 이만해서 다행이라는 안도, 주간 회의에 늦을까 봐 걱정되는 마음이 뒤죽박죽 섞여 있었다.

하루 일을 마치고 침대에 누운 뒤에야 횡단보도 사건이 아찔하게 다가왔다. 신호등의 초록불 타이머 숫자가 23일 때 넘어졌는데, 일어나서 걸을 때는 한 자리로 줄어든 상태였다. 그대로 오토바이에 치이거나 뇌진탕에 걸려 못 일어날 수도 있었다. 정전된 듯 까맣게 지워진 순간을 떠올리자 자신이 죽음의 지점을 건넌 게 아닐까 생각되었다. 그 뒤로 반년 동안 종종 그날의 사건을 돌아보았다. 그러면 신호등 이후의 시간이 덤으로 주어진 것 같은 기분마저 들었다. 사람 때문에 힘이 들 때, 주위의 시선이나 말 때문에 주눅이 들 때도 자신의 삶에 일어난 행운을 곱씹었다. 횡단보도에서 일어났던 일을 생각하면 괜찮아졌고, 그러는 동안 사람들이나 일에서도 점차 자유로워졌다. 다시 태어난 것 같다고 느껴질 정도였다. 말을 마친 사촌의 표정은 상기되어 있었다.

"너한테 이 얘기를 꼭 해주고 싶었어."

"얼마나 심하게 넘어진 거야."

미진은 머리가 땅에 닿았다고 해도 그것을 죽음과 연결시켜 생각하는 게 신기했다.

"뒤통수에 이만한 혹이 났어. 머리가 쪼개져서 죽는 줄 알았다니까."

사촌이 손을 동그랗게 만든 뒤 뒤통수에 갖다 댔다.

미진도 여덟 살 때 넘어져서 어마어마하게 큰 혹이 생긴 적이 있었다. 그때는 뒤통수가 아니라 이마라서 혹을 가리기도 힘들었다. 추석 때 큰집에 모여서 사촌들과 술래잡기 놀이를 했는데, 미진은 누군가에게 잡힐까 봐 도망치다가 높은 곳에서 발을 헛디뎌 앞으로 세게 고꾸라졌다. 넘어진 뒤 잠시 의식을 잃었고, 정신을 차렸을 때는 이마가 잔뜩 부풀어 오른 상태였다. 미진이 그때 얘기를 꺼내자 사촌이 기억난다는 듯 고개를 끄덕거렸다.

"그렇게 큰 혹은 처음 봤어. 이모가 놀라서 소리 질렀잖아."

어른들이 눈 안 튀어나온 것만 해도 다행이라고 했던 것과 이마가 터진 게 아닌가 싶어 울면서 더듬어보던 기억이 났다. 짓궂은 어른들 몇몇이 미진의 이마에 보름달이 생겼다고 놀렸고, 명절 연휴가 끝나고 학교에 갔을 때 애들이 외계인이라고 놀렸다. 앞머리를 길게 잘라 이마를 가렸지만 혹이 가라앉으면서 생긴 멍이 이마와 눈까지 번져 오래 남아 있었다.

"난 어릴 때 앞으로 넘어지고 넌 나이 들어서 뒤로 넘어지고."

어릴 때 얘기를 하며 둘은 소리 내어 웃었다.

"퇴근하려고 횡단보도 앞에 서 있는데 너희 회사가 이 근처라고 했던 게 생각났어. 언제 또 와보나 싶어서 연락했다."

"넘어지더니 머리가 좋아졌구나."

미진과 사촌은 친척들 사이에서 은근한 걱정거리였다. 30대 중반이 되었는데도 제대로 자리 잡지 못하고 밥벌이나 겨우 한다는 이미지를 풍겼다. 명절이나 집안 행사 때마다 친척들은 근황에 대해 물은 뒤 한마디씩 말을 보탰다. 애들이 착하기만 하지 야물지를 못 해. 나중에 부모 죽으면 어떻게 하려고 그래. 요즘 세상이 얼마나 험한데. 두 사람보다 대여섯 살 위인 다른 사촌들은 번듯해서 내세울 만했고 어린 사촌들은 앞날이 창창했다. 둘에게는 각자 친형제와 자매가 있었지만, 별 볼 일 없다는 점에서

서유미

는 둘이 제일 닮았다.

"사고 난 뒤로 생각이 많이 달라졌어."

사촌은 펜 드로잉을 배우고 있다며 가방에서 A5 크기의 드로잉 북을 꺼냈다. 한 장씩 넘길 때마다 꽃과 화분, 나무 일러스트가 나왔다. 사과와 딸기 접시가 놓인 테이블, 카페의 전경을 그린 건 감탄이 나올 정도였다.

"오, 제법인데."

미진이 엄지손가락을 치켜들자 사촌은 드로잉 북 표지를 쓰다듬었다. 그러면서 펜으로 선을 그어 그림을 완성해가는 과정이 너무 즐겁다고, 보는 것과 그리는 건 완전히 다른 세계의 일이라고 했다.

"선을 계속 그어야 면을 채울 수 있어."

드로잉 북은 반 정도 남아 있었고 사촌은 앞으로 채색도 배울 거라고 했다. 그러면서 반년 동안 자신이 새롭게 시작한 일과 그만둔 것, 앞으로 하고 싶은 일에 대해 이야기했다.

"죽다 살아난 뒤로 인생이 달라졌다는 거네."

"맞아. 그런 셈이지."

"나도 세계 넘어졌는데."

미진은 퇴사를 앞두고 있다는 사실을 사촌에게 털어놓았다. 누구에게도 말한 적 없고 말하지 않으려고 했던 건데, 죽을 뻔했다는 사촌의 얘기를 들으니 털어놓고 싶어졌다.

"이 회사 들어오는 것도 쉽지 않았거든. 그런데 이렇게 그만 두게 된다니 실감이 안 나. 너처럼 얼른 일어나서 뛰었어야 했는데 시기를 놓친 것 같아."

오랜만에 맥주를 마셨더니 마음이 흐물흐물해졌다. 미진의 얘기를 듣던 사촌이 고개를 가로저었다.

"너는 넘어진 게 아니야. 지금 길이 울퉁불퉁해서 그렇게 느껴지는 것뿐이지."

사촌의 목소리는 부드러우면서도 단호했다.

"조심해서 걸으면 돼. 나처럼 뛰지 말고."

미진은 남은 맥주를 벌컥벌컥 마셨다.

"야. 어떻게 안 뛰고 사냐. 늦었으니 뛰어야지. 시간이 없으니까 서둘러야지. 늑장 부려서 우리가 요 모양 요 꼴로 사는 거잖아."

술기운 때문인지 미진의 목소리가 높아졌다.

회사에 구조조정 소문이 돌기 시작했을 때 발 빠른 동료들은 이직과 재취업을 준비했다. 그러나 미진은 신호등의 숫자가 넉넉하게 남아 있는 줄 알았고 천천히 줄어들 거라고 낙관했다. 미진이 방향을 가늠하며 두리번거리는 동안 사람들은 저만치 뛰어 자신의 자리를 찾아갔다. 사촌이 미진의 잔에 맥주를 따라 주며 "그래도 뛰지 마"하고 타이르듯 말했다.

"너 진짜 다른 사람 같다. 어른 다 됐네."

서유미

"다음에는 우리 회사 근처에서 만나자."

가방을 챙기면서 사촌은 미진의 오른쪽 어깨를 두 번 두드렸다.

일주일 뒤, 엄마가 전화로 사촌이 죽었다고 알려주었다. 출근하던 길에 갑자기 쓰러졌고 사인은 뇌진탕으로 인한 뇌출혈인 것 같다고 했다.

미진이 장례식장에 도착했을 때 이모와 이모부는 너무 많이 울어 물기가 다 빠진 상태였다. 친척들은 충격과 의문에 휩싸인 표정으로 하나둘 들어섰고, 설 명절을 한 주 앞둔 시점이라 착잡한 얼굴로 새해 인사를 나눴다. 사촌이 반년 전에 출근길에 세게 넘어진 일에 대해 아는 사람은 없는 것 같았다. 그 뒤에 그가 펜드로잉을 배웠다는 것도, 미진과 만나 맥주를 마셨고 채색을 배울 계획을 가졌다는 것도 아는 사람이 없었다. 친척들은 코를 훌쩍거리며 사촌이 얼마나 소심하고 패기 없고 나약했는지에 대해서만 얘기했다. 그들은 상심과 애도를 그런 방식으로 표현했다. 사촌은 다른 삶을 살게 되었다고 했고 진짜 다른 사람처럼 보였는데 그 시간은 너무 짧았고 죽은 뒤에도 그런 식의 얘기 속에 남아 있었다.

미진은 어딘가 조금씩 닮은 얼굴들을 둘러보았다. 그 애에 대해 뭘 아느냐고, 다 아는 것처럼 말하지 말라고 소리 지르게 될까 봐 그들에게서 멀찍이 떨어져 앉았다. 어떤 말을 해도 사촌을 건져낼 수 없었다. 미진은 문상객들이 오면 테이블 위에 음식을 놓고 그들이 일어서면 테이블을 정리했다. 주방 쪽 벽에 기대앉아 사람들이 들어오고 나가는 것을 보았다. 멀거나 가깝거나 어떤 방식으로든 사촌의 죽음과 연결된 사람들이었다.

술에 취하면 쓸데없는 말을 하게 될까 봐 미진은 줄곧 생수만 마셨다. 화장실을 오갈 때마다 영정 사진 속 사촌과 눈이 마주쳤다. 입사 지원서에 쓰기 위해 찍었던 사진인지 양복을 입고 넥타이를 맨 모습이 단정했다. 미진은 핸드폰으로 사촌의 영정 사진을 찍어두었다. 자신이 본 밝고 어른스럽던 사촌의 모습에 대해 누구에게도 말할 수 없으리라는 걸 알았다.

장례 절차가 마무리된 다음 날부터 미진은 회사에 나가지 않았다. 침대에 누워 잠만 잤다. 삶에 대한 의욕이 사라지고 다시 구직할 마음도 생기지 않아서 잠 속으로 숨어버렸다. 사람이 이렇게 잘 수도 있나 놀라면서도 잠 속에서 살았다. 외부의 연락에도 반응하지 않았고 자다 깨면 침대에 앉아 핸드폰 게임만 했다. 반짝이는 구슬을 모아 터뜨리기도 하고 동그란 점끼리 이어 없애기도 했다. 생각을 지우려고 게임에 접속했지만 자신이 열심히 지워나가는 것이 시간뿐이라는 것을 알았다. 시간을 죽이는 동안 생각은 잠시 옆에 비켜서 있다가 화면을 끄는 순간 더 두껍고 견고해진 상태로 미진을 압박했다.

서유미

가족들은 "얘가 왜 이러냐", "언제까지 이럴 거냐" 침대 옆에서 쓴소리를 퍼붓다가 미진이 입을 다물고 문을 잠그자 문밖에서 소리를 질렀다. 그래도 입을 열지 않자 겁이 난 듯 한 발 물러났다. 침대에 누워 있으면 우려와 원망의 말들이 문틈으로 흘러들어왔다. 아빠는 구조조정으로 퇴사한 것이 원인일 거라고 했고 언니는 사람 문제 같다며 실연을 당했거나 회사에서 왕따였던 모양이라고 했다. 엄마는 한창 일할 나이에 사춘기 때도 안 하던 짓을 한다며 한숨을 쉬었다. 미진은 그런 게 아니라고 해명해도 달라지는 게 없으리라는 걸 알았다. 가족들은 미진의 은둔을 사촌의 죽음과 연결해서 생각하지는 않았다. "회사야 다시 구하면 되지. 사람들도 다시 만나면 되는 거고" 하고 말했다. 미진은 침대 밖으로 나갈 기운만 있다면 말과 공기가 드나드는 틈을 죄다 틀어막고 싶었다.

미진은 걱정으로 위장한 비난을 듣지 않으려고 가족들이 활동하는 시간에 자고 새벽에 일어나 화장실에 다녀오고 냉장고를 뒤져 끼니가 될 만한 걸 챙겼다. 빵이나 고구마를 가지고 오면서 방 안을 둘러보면 숨이 턱 막혔다. 책상 위는 화장품과 책, 회사에서 보낸 사무용품으로 지저분하고, 책상 아래는 가방과 벗어놓은 옷, 뜯지 않은 택배 상자가 한데 뒤엉켜 있었다. 자신이 마음대로 움직일 수 있는 세상은 여기뿐인데 발 디딜 곳이 없었다. 쓰레기통 같은 방 안에서 빵을 뜯어 먹으며 미진은 커다란 비닐에 물건들을 전부 쓸어 담거나 불도저로 방 안을 싹 밀어버리는 상상을 했다. 그러나 그건 마음뿐이고 손가락 하나 까딱할 수 없었다. 그저 핸드폰을 붙잡고 같은 색의 동그라미를 찾아서 지울 때마다 잡동사니와 불필요한 감정이 하나씩 지워지면 좋겠다고 생각할 뿐이었다.

사람들은 죽음을 지나 생활 속으로 걸어 들어가고 이모와 가족들도 자기 자리에서 사촌의 죽음을 받아들이려고 애쓰며 사는데, 미진은 사망 소식을 듣던 순간에 멈춰 있었다. 미진의 내부에서는 몇 개의 질문이 맴돌았다. 왜 그에게 반년의 시간이 더 주어진 건지. 반년 뒤에 죽을 텐데 왜 다시 태어난 것처럼 활력과 자신감이 넘치는 시간이 필요했던 건지. 또 보자며 손을 흔들던 사촌의 모습을 떠올리면 울고 싶어졌다. 그 말을 한 뒤 일주일이 지나서 죽게 되리라는 걸 그 애는 알았을까. 그 애도 몰랐을 것이다. 미진은 그 애가 삶에 대해 희망을 품었던 게 가혹하게 느껴졌다.

출입문이 열리며 풍경 소리가 났을 때 미진은 카운터에 앉은 채로 문 쪽을 바라보았다. 카페 내부를 둘러본 뒤 그냥 나가는 사람들도 있어서 손님이 주문하러 올 때까지는 자리를 지켰다. 그래서 야구 모자에 마스크를 쓴 여자가 풍경 소리와 함께 들어와 출입문 쪽 테이블에 앉을 때도 카운터에서 그 모습을 지켜보기만 했다. 여자는 따뜻한 아메리카노를 한 잔 주문했고, 계산을 하면서 미진은 연예인 누구를 닮았는데, 하고 생각했다.

여자는 핸드폰을 보며 커피를 마시다가 폰을 테이블에 내려놓고는 벽을 바라보며 가만히 앉아 있었다. 미진은 여자가 마스크를 내릴 때 배우 미류라는 걸 알아봤고, 근처에 인테리어가 근사한 카페들이 많은데 왜 이런 데 와서 혼자 커피를 마시는지 궁금했다. 이 동네에 사나, 혹시 허름하고 사람 없는 카페에서 몰래 누구를 만나려는 건가 호기심이 생겼다. 그러나 미류는 혼자 커피를 마시며 삼십 분쯤 앉아 있다가 컵을 반납한 뒤 나갔다. 컵을 치우고 테이블을 닦고 나자 미류의 방문이 실감 나지 않았다.

좋아하던 배우도 아닌데 미류에 대해 궁금해져서 핸드폰으로 검색해보았다. 미류는 최근에 개봉한 영화에서 발랄한 20대 여성의 캐릭터를 제대로 소화해내지 못했다는 혹평을 들었고 홍보를 위해 출연한 예능 프로그램에서도 태도 논란으로 구설수에 올랐다. 영화 홍보에 소극적이고 나이가 어린데 열심히 뛰지도 잘 웃지도 않았다는 게 이유였다. 기사에는 댓글이 없지만, 기사를 퍼 나른 곳에는 프로그램 진행자와 패널들을 대하는 태도가 건방지다, 표정이 시큰둥하다, 노인네 같다, 자기가 최고 어른인 줄 아네, 같은 악플이 달려 있었다. 이전에 출연했던 드라마 〈연희의 계절〉에서는 극 초반에 연기력 논란에 휩싸였지만 회가 거듭되고 극 중 인물이 나이가 들어가면서 중년과 노년의 연기를 인상적으로 해냈다는 평가를 받았다. 20대부터 70대 노인까지 소화해낸 미류의 연기에 대한 기사와 사진이 많았다. 미진이 방에 처박혀 게임만 하던 시기에 방송된 드라마였다. 영화 홍보를 위한 잡지 인터뷰에서 미류는 〈연희의 계절〉과 주인공 연희에 대해 더 많이 언급했다. 드라마에서 완전히 빠져나오지 못한 채 영화를 시작한 것 같아 후회된다고 했다.

"사라진 인물을 사랑한다는 건 가슴 아픈 일인 것 같아요. 진짜 그 인물이 된다는 게 황홀하면서도 고통스러운 일이라는 걸 연희를 통해 알게 됐어요."

인터뷰 사진 속의 미류는 눈물이 글썽거리는 눈으로 카메라를 바라보고 있었다.

"다시 연희를, 연희 같은 인물을 만날 수 있을까요."

기자는 그런 미류에 대해 진짜 배우로 태어났다고 표현했지만 영화는 흥행에 실패했고 미류는 대중들의 관심에서 밀려났다. 그게 요 몇 달간 일어난 일이었다.

다음 날 오후에 미류가 다시 카페 문을 열고 들어왔을 때 미진은 검색 화면과 기사 속에서만 봤던 사람이 살아 움직이는 모습에 조용히 전율했다. 주문을 받으면서 자신의 마음에 번져가는 활력을 들키지 않으려고 애썼다. 미류는 지친 듯한 표정으로 테이블에 앉아 뜨거운 커피를 마셨다. 탁자 위의 머그컵에서 뜨거운 김이 피어오르는 걸 보며 미진은 미류와 같은 공간에 머물고 있다는 것을 실감했다.

집에 돌아와 미진은 〈연희의 계절〉을 찾아보았다. 20대 중반인 미류는 20대 후반의 연희를 연기했고 드라마 속에서 결혼과 출산을 겪으며 30대에서 40대로 나이 들어갔다. 연희의 시간은 빨리 흘러갔고 이야기가 진행될수록 미류는 진짜 연희처럼 보였다. 노인이 된 연희가 인생에서 중요한 것을 잃은 뒤 창밖을 가만히 내다볼 때, 사랑하는 사람과 헤어지고 나서 식탁에 앉아 있다가 엎드려 울 때, 딸과 아들의 뒷모습이 사라질 때까지 바라보다가 뒤돌아설 때, 미진은 그 표정과 감정이 자신의 마음에 가만히 겹쳐지는 것을 느꼈다. 왜 할머니인 연희의 마음에 이토록 가닿는지, 왜 기진하고 인생을 다 산 것 같은 기분이 들고 마음속에 쓸쓸한 바람이 부는지 알 수 없었다. 눈물이 흐느낌으로 변해 소리 내어 울면서도 자신이 이렇게 슬프고 울음이 멈추지 않는 이유를 모르겠다고 생각했다.

드라마를 다 본 뒤에도 노인이 된 연희가 천천히 죽음을 맞이하던 순간과 주름진 얼굴 위에 내려앉던 기이한 평온함이 마음에 오래 남았다. 연희의 죽음은 삶이 끝나는 것을 거부하고 저항하면서 마무리되는 것이 아니라, 모든 감각과 감정이 볼륨을 줄이는 것처럼 서서히 작아지다가 마침내 고요해지는 것에 가까웠다. 미진은 사촌의 마지막도 그러했기를 간절히 바랐다.

미류는 이틀에 한 번 평일 오후나 저녁이 되기 전쯤 카페에 왔다. 늘 혼자였고 삼십 분쯤 머물며 커피나 허브차를 마셨다. 누구와 통화하거나 만나는 일도 없고 그저 벽을 보며 가만히 앉아 있다가 돌아갔다. 드라마를 본 뒤로 미류의 모습에서 연희가 보였다. 쓸쓸한 표정이나 느릿한 행동은 20대의 연예인이 아니라 인생의 많은 것이 지나가서 돌아볼 것이 많은 노인 같았다.

카페에 혼자 있을 때 미진은 사촌이 하고 싶다고 했지만 할 수 없게 된 일들에 대해, 선을 여러 번 그어야 채울 수 있는 펜 드로잉의 면에 대해, 인터뷰에서 미류가 말했던 몰입에 대해 생각했다. 다른 것에 영향받지 않고 뒤돌아보지 않을 정도로 깊이 빠져드는 것에 대해 생각하다 보면 자신의 내면은 지워졌고 여전히 빈 상태인 것 같은 기분이 들었다. 미진은 무언가를 찾는 마음으로 출입문 너머를 바라보았다.

알바를 마치고 돌아온 미진을 보고 식탁에 앉아 있던 언니가 이제 제대로 된 직장을 알아볼 때가 되지 않았느냐고 물었다. 나이가 몇 살인데 알바나 하면서 지낼 거냐며 너무 철이 없다고 쏘아붙였다. 미진의 눈치를 살피던 엄마가 "그래도 아침에 나갔다 저녁에 들어오는 게 어디냐" 하면서 언니를 말렸다. 방에 들어온 미진은 침대에 걸터앉았다. 시간은 앞으로 흘러가는데 빠르게 걷는 사람들 사이에서 가만히 서 있는 자신이 뒷걸음질 치는 것처럼 보이리라는 걸 알았다. 그럴 때면 다시 문을 잠그고 드러누워 버리고 싶은 충동을 느꼈다. 문밖으로 나가는 건 어려워도 잠과 게임 속으로 도망치는 건 쉬웠다.

방에서만 지낼 때 미진은 냉장고와 식탁 위에 놓이는 음식이 점점 다양해진다고 느꼈다. 어느 날엔 냉장고 문에 포스트잇이 붙어 있었다. '필요한 게 있으면 여기다 적어라.' 미진은 그 앞에 서서 엄마의 글씨를 한참 동안 쳐다보았다. 문구는 며칠에 한 번씩 바뀌었다. '딸기 씻어 놓았으니 먹어라.' 냉장고 안에 든 유리 그릇에는 꼭지를 딴 딸기가 가득 들어 있었다. 빨갛고 싱싱한 딸기를 보자 사촌의 일러스트와 드로잉 북이 떠올랐다. 과일 접시가 놓인 테이블은 정말 멋진 그림이었다. 그 드로잉 북은 어디로 갔을까. 그것도 재가 되었을까. 한 장씩 넘겨가며 선과 면에 대해 얘기하던 사촌을 떠올리자 그때 같이 마셨던 차갑고 알싸한 맥주의 맛과 냄새가 머릿속에 번졌다. 누군가 머릿속에서 시원한 맥주를 유리컵에 계속 따르는 것 같았다. 미진은 오랜만에 의문이 아니라 맥주를 마시고 싶다는 열망에 사로잡혔다. 그건 방과 냉장고에는 없는 것이라 그것을 맛보려면 편의점에 가는 수밖에 없었다. 방문을 열고 현관문 밖으로 나가는 건 여전히 내키지 않았다. 사람과 마주치고 물건을 사는 것보다 방 밖으로 나가는 게 껄끄러웠다. 문을 열고 나가면 삶을 대하는 자세가 달라져야 할 것 같았다. 그런데 미진은 아직 준비가 되어 있지 않았고 맥주 때문에 밖에 나가는 일에 대해 고민하게 되리라고는 생각하지 못했다.

엘리베이터에서 내려 공동 현관문을 열고 나오니 밖은 봄이었다. 미진은 거리의 온도와 색채, 냄새가 달라졌다고 느꼈다. 불 켜진 가로등과 초록 잎을 단 가로수와 도로 위의 자동차, 아직 문을 열지 않은 가게들. 출퇴근하면서 지나치던 거리를 미진은 눈으로 하나하나 짚어가며 걸었다. 대충 걸쳐 입고 나온 점퍼의 무게가 상당했다. 하늘이 서서히 밝아지면서 거리의 움직임과 구름이 이동하는 속도가 빨라졌다. 세상에는 아침이 존재했다. 반년 전까지만 해도 아침에 일어나 출근을 했는데, 반년 동안은 밤 같은 의미의 아침을 보냈다. 미진은 사람들이 출근하기 위해 서둘러 걷는 모습을 보았다. 보행자 신호가 바뀔 때 정신없이 뛰어가는 발자국 소리를 들었다. 출근하는 사람들 사이에서 사촌의 모습이 보였다. 그들이 잰걸음으로 움직일수록 미진은 천천히 걸었다.

맥주를 사러 가다가 좁고 기다란 카페를 발견했고 운행을 멈춘 기차 같다고 생각했다. 이상한 곳에 정차했는데 모두 그 존재를 잊어버린 것 같다고. 그러자 텅 빈 실내와 불을 밝힌 조명 하나가 쓸쓸해 보였다. 미진은 편의점에 들어가 만 원에 네 캔 하는 맥주를 골랐고 양복 차림으로 컵라면을 먹는 사람을 지나 커피와 스타킹을 사는 사람 뒤에 서서 계산했다. 맥주를 사가지고

서유미

오는 길에 카페 유리문에 붙은 알바 구인 공고를 보았다. 방에
와서 두 캔의 맥주를 마시며 그날의 맛과는 다르다고 생각했다.
한 캔을 더 따려다가 구인 공고에 적힌 번호로 전화를 걸었다.
면접 약속을 잡으며 이건 취해서 하는 짓이야, 라고 생각했다.

오전 9시부터 저녁 8시까지 카운터에 가만히 앉아 있는데도
카페에서 지내는 건 침대 위의 시간과는 달랐다. 출입문의 유리
너머에서 햇빛이 들어오고, 실내 음악 사이로 밖의 소리가 없히
고, 커피 향이 거리의 냄새와 섞이면서 공기의 질감이 변했다.
언니의 말이 아니더라도 미진에게는 세상으로부터 숨어버리
고 싶은 밤이 많았다. 카페에서 일하면서 불을 끄고 문을 잠근
뒤 집으로 돌아갈 때면 하루를 잘 마무리한 것 같은 뿌듯함이 마
음에 번졌다. 그런데 정상으로 돌아온 것 같은 기분은 미진을 자
꾸 그 너머로 보내고 싶어 했고, 앞날에 대해 생각하는 순간부터
불면이 시작되었다. 그런 날에는 고민으로 이어진 레일 위를 하
염없이 걸었고 아침이 되면 지쳐서 다 그만두고 싶어졌다. 다시
방문을 잠근 뒤 잠 속으로 도망쳐버릴까. 이런 악순환에서 벗어
나지 못할 거라면 깨지 않는 편이 나을 것 같았다. 그런 순간에
는 사촌이 떠올랐다. 주어진 시간이 반년 정도라는 걸 알았다면
그 애는 어떻게 했을까. 미진은 죽고 싶은 건 아니지만 방 밖이
무섭고 제대로 살아갈 자신이 없었다. 아침이 되어 아르바이트

를 하러 갈 시간이 다가오면 매번 갈등했다. 물론 일어나서 방문을 열고 나가기만 하면, 욕실에 들어가 씻고 나오기만 하면, 그 다음에는 어떻게든 움직일 수 있었다.

그렇게 힘겹게 움직이는 날과 여전히 아침이 존재한다는 것에 감격하며 걷는 날이 교차되었다. 손님이 없을 때 미진은 사장의 조카가 만들어놓은 음료 레시피를 한 장씩 넘겨 보았다. 사진과 설명을 곁들인 세심한 레시피를 따라가며 한 번도 만들어보지 못한 메뉴의 제조 과정을 머릿속으로 그려보았고 본 적도 없고 만날 일도 없는 사장의 자랑스러운 조카에 대해 상상했다. 카페를 성실하게 잘 돌봐서 기특하고 큰 시험에 붙어서 어깨를 으쓱하게 만드는 조카. 세상에는 그런 사람들이 넘쳐났다. 그들에 대해 생각하는 것은 미진에게 도움이 되지 않았다.

카페 일은 수월했지만 출입문 너머의 세계나 알바가 끝난 뒤의 삶은 여전히 멀게 느껴졌다. 그래도 아침에 커피를 가지러 오는 사장과 오후에 잠시 들르는 미류를 생각하며 방문을 열고 나갔다. 카페가 문을 닫을 때까지는 완주하고 싶었다.

미류가 오면 모르는 척, 침묵하는 것이 최선의 배려라는 것을 알았다. 그런데도 가끔 드라마를 잘 봤다고, 다음 연기를 기대한다는 말을 하고 싶은 충동이 생겼다. 미류가 거짓말처럼 나타나 커피를 주문했던 것처럼 어느 날 문득 오지 않으리라는 걸 알았기 때문이다. 몇 주 뒤에 카페가 문을 닫으면 마음을 전

서유미

할 길이 없을 것이다. 운이 좋아 아르바이트를 그만두는 날에 미류가 온다면 연희를 보며 오랜만에 울 수 있었다고 고백하고 싶었다.

오전에 사장은 영업 종료일 안내와 그동안 카페를 이용해주셔서 감사하다는 인사말이 프린트된 종이를 가져왔다.

"손님이 없어도 미리 알려야지."

커피를 한 모금 마신 뒤 종이를 출입문의 유리창에 붙였다.

맥주를 사러 나왔던 새벽에 미진이 봤던 아르바이트 공고와 글자체나 폰트가 같았다. 거리를 지나가던 사람들이 프린트의 내용을 보느라 걸음을 잠시 멈추었다. 평소에 카페에 들어와 커피를 주문하던 손님들보다 많은 것 같았다.

사장이 간 뒤 미진은 음악을 틀어놓고 매장을 청소했다. 석 달만 일하면 된다고 했을 때도 시간에 대한 감이 없었는데, 일주일 뒤에 카페가 문을 닫는다는 것은 더욱 실감이 나지 않았다. 미진은 출입문 밖을 내다보았다. 미류가 카페에 안 온 지 이틀이 지났다. 새로운 일을 시작해서 바빠진 걸까. 미류가 단골이 된 뒤로, 점심시간이 지나면 창밖을 내다보면서 미류가 올지 안 올지 점쳐보곤 했다. 핸드폰으로 미류에 대해 검색하려던 미진은 뉴스 메인 화면에 미류의 자살 소식이 떠 있는 걸 보았다. 기사에는 며칠 전부터 연락이 안 되어서 매니저가 자택으로 찾아갔고 극단적인 선택을 한 그녀를 발견했다고 적혀 있었다. 친한 동료 배우들도 최근 몇 달 동안 본 적이 없고 전혀 외출을 하지 않았던 것 같다고 했다. 뉴스에서는 그녀가 차기작을 준비 중이었으며 최근 영화의 흥행 실패로 비관하고 있었다는 소식도 전했다. 미진은 미류의 죽음에 대한 기사를 하나씩 읽어보았다. 새로운 내용은 없고 거의 비슷한 기사가 반복되었다.

미진은 두 달 가까이 이틀에 한 번 정도 미류가 카페에 와서 커피를 마시던 모습을 떠올렸다. 이틀 전 오후에 늘 앉던 테이블에서 아메리카노를 마시던 미류는 평소와 비슷해 보였다. 다른 점이 있다면 컵을 반납하며 커피를 잘 마셨다는 말을 건넸다는 것 정도였다. 그 말에 미진은 미류의 연기가 너무 인상적이었으며 연희가 죽던 순간을 자주 떠올린다고 말하고 싶었지만, 얼떨떨한 나머지 "고맙습니다, 안녕히 가세요"라고만 대답했다. 카페가 문을 닫을 때까지 2주 정도 남았으니 다시 마음을 전할 기회가 있을 줄 알았다.

유서를 남기지 않은 그녀의 죽음을 두고 미디어에서는 여러 가지 추측을 했다. 미진은 기사의 내용과 사람들의 말도 맞겠지만 그게 전부는 아닐 거라고 생각했다. 미류의 죽음이 비관과 극단이라는 단어에만 갇히지 않기를 바랐다.

사람들은 각자의 방식으로 그녀를 기억하고 애도했다. 집에 돌아온 미진은 〈연희의 계절〉을 처음부터 다시 보았다. 20대의

서유미

미류가 나이 들어 중년이 되고 노인이 되어가는 모습에 집중해서 보았다. 미류의 표정과 눈 속에 인생에 대한 회한과 관조가 담겨 있었다. 이미 아는 내용, 결말인데도 누군가 죽어가는 장면은 여전히 슬펐다. 눈을 감는 연희를 보며 미진은 베개에 얼굴을 묻은 채 조용히 울었다. 왜 그런 선택을 했는지 영영 알 수 없을 테지만 미류가 스스로 삶을 끝냈다고 결말을 짓는 것보다 그녀가 어떤 식으로든 자신의 인생을 산 뒤 다른 곳으로 갔다고 생각하고 싶어졌다.

새벽에 미진은 사촌과 주고받았던 메시지를 찾아 읽었다. 사촌도, 사촌의 핸드폰과 연락처도 모두 사라졌지만 사촌이 남긴 대답은 남아 있었다. 평범한 대화 속에서 사촌의 답변은 살아 있었고 활력이 넘쳤다. 줄곧 그가 희망을 품었던 것이 가혹하다고 생각해왔는데 이제는 짧더라도 그런 시간을 보낸 게 다행이라고 느끼게 되었다.

카페가 문을 닫는 날, 미진도 마지막 출근을 하게 되었다. 일의 순서가 바뀌지 않아 다행이었다. 영업이 끝나는 날 오후에 사장이 카페에 들렀다. 그동안 고생 많았다며 두툼한 흰 봉투를 건넸다. 마지막 달 아르바이트비인데 이체하려다 직접 가져왔다고 했다.

"가끔은 돈도 만져봐야 실감이 나."

사장은 면접을 보던 날처럼 냉동 딸기를 믹서기에 넣었다. 미진은 봉투를 손으로 가만히 쓰다듬었다. 몇 년 동안 회사에 다니며 월급을 받았을 때도 느껴본 적 없는 묵직함이었다. 미진은 뭐라고 감사의 말을 전해야 할지 알 수 없어서 카페가 문을 닫게 되어 아쉽다고 했다. 사장은 믹서기 소리 때문에 듣지 못한 것 같았다.

"정말이에요."

사장이 딸기주스를 건넨 뒤 어깨를 으쓱거렸다.

"난 새로운 카페를 찾았어. 여기보다 가격도 싸고 맛도 그만하면 괜찮아."

밤에 중고 물품 업체에서 커피머신과 집기들을 싣고 갈 거라고 했다. 하나의 가게, 공간이 사라지는 순간을 지켜보는 건 처음이었다. 사장은 카페 안을 둘러보았다. 그 표정에서 연희의 눈빛이 보이는 것 같았다. 사장이 숨을 깊이 들이마셨다 내쉬었다.

"오늘은 그만하고 들어가."

"여기는 이제 어떻게 돼요?"

"당분간 비어 있을 것 같은데."

딸기주스를 손에 든 채 미진은 깊이 고개 숙여 인사를 했다. 마지막 날에도 딸기주스를 마시게 될 줄은 몰랐다.

"그동안 감사했어요."

"어디에 가서 뭘 하든 잘할 거야. 내가 그랬잖아. 우리 조카랑 인상이 비슷하다고."

　사장은 미진에게 앞으로 어떻게 할 거냐고 묻지 않았다. 딸
기주스를 마시며 미진은 이 카페에서 일한 석 달의 시간과 자신
의 삶에 짧게 왔다 간 사람들에 대해 생각했다. 카페의 문을 열
고 나간 뒤 어디로 가서 무얼 해야 할지는 여전히 알 수 없었다.
자신의 철들지 않음, 자리 잡지 못함이 아직 살아갈 시간이 많이
남았다는 증거 같았다.

이때를 지나면 이 시간은 끝이고 다시 오지 않는다는 말. 인생의 스무 살, 서른 살은 한 번뿐이라는 말.

맞는 말들의 무게와 압박감에 대해 생각한다.

다음을 기약하기 어렵게 만드는 사회적인 분위기 속에서 방문을 걸어 잠근 미진에게 다음이 있다고 말해주고 싶었다.
우리에게는 다음과 그다음이 있고, 두 번째와 세 번째의 삶도 있는 거라고. 그러니 저 너머로 함께 걸어가보자고.
나 역시 그런 마음으로 이 소설 너머로 나아가려 한다.

이야기 둘

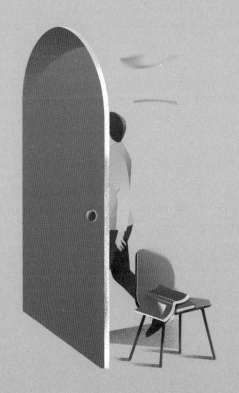

조수경

1. 공간의 틈

    희연은 남자를 따라갔다. 진회색 코트에 검정색 목도리를 두른 남자는 옷차림만큼이나 단정한 걸음으로 나갔다. 흔들림 없이 움직이는 빠른 보속을 따라가기 위해 희연은 평소보다 보폭을 넓혀야 했다. 벌어진 입술 사이로 뿌연 입김이 거칠게 쏟아져 나왔다.

    퇴근 시간, 지하철역 주변은 인파로 붐볐다. 이제 막 지상에 올라온 사람들이 어깨를 움츠린 채 저마다의 방향으로 흩어졌고, 그 속에서 희연은 길을 잃은 아이처럼 잠시 허둥거렸지만, 타인과 어깨를 부딪는 순간에도 눈길은 남자의 뒤통수를 놓치지 않았다.

며칠 전에도 희연은 한 남자를 쫓아갔다. 감청색 코트에 회색 목도리를 두른, 지금 희연이 따라가는 남자와 비슷한 차림이었다. 그날은 문래창작촌에서 촬영이 있었다. 새로 생긴 카페와 베이커리를 소개하는 기사가 잡지에 실릴 예정이었고 담당 에디터는 희연에게 사진 촬영을 부탁했다. 테이블에 보기 좋게 세팅해둔 음료와 디저트를 찍고 있을 때, 카페 앞을 지나던 남자가 눈에 들어왔다. 희연은 손에 카메라를 든 채로 출입문을 열고 밖으로 나갔다. 남자가 걸어가던 방향으로 달려갔지만 그는 길 어디에도 보이지 않았다. 창작촌은 좁은 골목들이 그물처럼 얽혀 있어 남자를 찾기란 쉽지 않았다. 거리 한가운데 멍하니 서 있다가 희연은 뒤늦게 한기를 느꼈다. 점퍼도 없이 실내에서 촬영하던 상태 그대로 뛰쳐나왔다는 걸 그제야 깨달았다. 그날, 다시 촬영에 집중하기까지 얼마간의 시간이 필요했다.

사람들 틈을 비집고 희연은 남자 뒤에 바짝 붙었다. 간격이 너무 좁다 싶으면 속도를 조금 늦춘 다음 적당한 거리를 유지했다. 누군가 따라오고 있다는 사실을 눈치채지 못한 남자는 사거리 횡단보도 앞에 서서 느긋하게 스마트폰을 들여다봤다. 몇 걸음 떨어진 곳에서 희연은 눈도 거의 깜빡이지 않고 남자를 주시했다. 신호가 바뀌자 사람들이 한꺼번에 길을 건너기 시작했다.

조수경

물살에 휩쓸리듯 움직이던 희연이 순간 고장 난 것처럼 걸음을 멈췄다.

희연은 종종 남자들을 따라갔지만, 끝까지 따라간 적은 한 번도 없었다. 심지어 그들의 앞모습을 본 적도 없었다. 항상 뒷모습을 먼저 발견하고 뭔가에 홀린 것처럼 뒤를 쫓다가 정신이 들면 바로 멈춰 섰다. 계속 따라간다면 어디까지 가게 될까. 가끔은 궁금했다. 하지만 끝까지 따라간다 해도 결국 그들에게 말을 붙이지는 못할 것이다. 그들은 강준과 뒷모습이 닮은 사람일 뿐 진짜 강준은 아니기 때문. 어쩌면 희연이 중간에 멈추는 이유는 그들이 강준이 아니라는 것을 확인하고 싶지 않아서인지도 몰랐다.

며칠 뒤, 희연은 강준을 만나러 갈 것이다.

***

사흘 연속 눈이 내렸다.

희연은 급히 강원도로 떠나 미리 기획해두었던 눈꽃 촬영을 마치고 하루 쉰 다음 서울로 돌아왔다. 아파트 단지는 미처 다 치우지 못한 눈이 얼어 곳곳이 빙판길이었다. 작년 겨울, 자동차 바퀴가 눈 쌓인 바닥에 얼어붙어 한동안 애를 먹었던 기억이 떠올랐다. 희연은 주차장을 한 바퀴 천천히 돌아본 다음, 해가 잘 들어 눈이 거의 다 녹은 곳에 차를 세웠다. 카메라 장비가 든 가방을 양쪽 어깨에 메고 희연은 80년대 후반에 지어진 복도형 아파트 안으로 들어갔다.

엘리베이터가 7층에서 멈추자 희연은 익숙한 방향으로 걸음을 옮겼다. 난간은 물론 긴 복도에도 눈이 쌓여 있어 어깨에 멘 가방을 단단히 붙들고 바닥을 살피며 조심조심 움직였다. 복도 끝에 다다라 고개를 들었을 때, 옆집이자 맨 끝 집인 715호 문 앞에 앉아 있는 꼬마가 보였다. 춥지도 않은지 아이는 개량 한복 같은 저고리와 치마만 입고 눈 쌓인 복도 모서리에 쭈그리고 앉아 있었다.

70대 후반, 혹은 80대 초반쯤 됐을까. 715호에는 할머니가 혼자 살았다. 작년 말이었나 올 초였나. 아무튼 그 무렵까지 희연은 1층 출입구 벤치에 혼자 앉아 있는 할머니를 본 적이 있었다. 집 앞에서 마주친 적은 없지만, 언젠가 경비 아저씨가 하는 말을 듣고 옆집에 사는 할머니라는 걸 알았다. 날이 덥든 춥든 그녀는 무표정한 얼굴로 벤치에 앉아 있었다. 이곳에 이사 온 뒤로 종종 그런 모습을 목격했는데, 할머니가 사람이라기보다 하나의 쓸쓸한 풍경 같아서 희연은 자꾸만 말을 걸고 싶었다.

할머니, 식사는 하셨어요?

조수경

할머니, 날이 너무 추워요. 감기 걸리시겠어요, 같은 말들.

어느 정도 친해진 뒤에는 이런 말도 하고 싶었다.

할머니, 매일 거기 앉아 무슨 생각 하고 계세요?

할머니, 손목에 있는 붉은 점 있잖아요. 처음엔 붉은 꽃을 달고 계신 줄 알았어요. 무늬가 참 아름다워요.

희연이 옆집에 사는 사람이라는 걸 모를 것 같아 실제로 말을 건넨 적은 없지만, 꽤 오랫동안 텅 비어 있는 벤치를 볼 때마다 희연은 할머니의 안부가 궁금했다.

짐작으로 할머니는 몸이 불편한 모양이었다. 며칠 전 715호 앞에 젊은 여자가 서 있었다. 잠깐 한눈판 사이에 집 안으로 들어갔는지 금세 보이지 않았지만, 희연은 여자의 얼굴에서 할머니와 닮은 면을 발견했고, 그래서 여자가 간병차 들른 딸일 거라고 생각했다. 지금 715호 앞에 앉아 작은 돌멩이를 가지고 노는 소녀는 아마 할머니의 딸이 낳은 아이일 것이다.

"춥지 않아?"

희연이 미소를 지으며 물었지만, 아이는 고개를 들고 힐끗 쳐다보다 별 대꾸 없이 돌멩이만 만지작거렸다. 머쓱해져 눈길을 돌리던 희연이 아이의 손목에 자리 잡은 붉은색 모반을 발견했다. 저런 것도 유전되나. 잠시 생각하다 희연은 현관문을 열었다.

＊＊＊

컴퓨터의 네모난 화면이 온통 흰색으로 가득했다. 흰색이지만 모두 같은 색은 아니었다. 푸른빛을 머금은 흰색. 노란빛을 띠는 흰색. 회색빛이 도는 흰색. 눈이 부실 만큼 선명한 흰색들이 저마다의 선과 면을 이루며 서로를 구분 짓고 있었다. 희연이 강원도에서 찍어 온 눈꽃 사진 중 하나가 H 작가의 새 소설집 표지를 장식하게 될 것이다. 표제작은 30년 전에 죽은 동료의 시신을 찾아 산에 오르는 어느 산악인의 이야기였다. 작가는 30년 전 얼굴 그대로 설산에 누워 있는 동료를 발견하는 장면이 소설에서 가장 중요한 부분이라고 설명했고, 희연은 촬영하는 내내 그 장면을 상상하며 셔터를 눌렀다.

희연이 강준을 처음 만난 것도 사진 덕분이었다. 오래전 희연이 구립도서관에서 6주간 사진 강의를 맡았을 때 열다섯 명의 수강생 중 한 명이 강준이었다. 구민들을 대상으로 한 취미 클래스였기에 수강생들이 가져온 카메라 기종은 제각각이었고, 그래서 희연은 기기보다는 평범한 소재를 특별하게 바라보는 시선에 중점을 두고 수업을 진행했다. 다른 수강생들이 꽃이나 구름, 인물 등 다양한 피사체를 촬영한 데 비해 강준의 소재는 언제나 '그림자'였다. 그럼에도 그의 작품은 다른 사람들이 찍은 사진에서 보기 힘든 생명력이 느껴졌다.

조수경

연인이 된 뒤로 두 사람은 뷰파인더 너머의 세상을 공유하며 서로에 대해 더 많은 것을 알아갔다. 그 시절, 희연은 강준의 모든 것이 유일하고도 특별하게 느껴졌다. 수많은 인파 속에서도 강준의 목소리나 뒷모습을 단숨에 찾아낼 수 있을 거라고 자신했다. 강준이 떠나고 난 뒤에야 그의 뒷모습이 20대 후반에서 30대 초반 사이 사무직 남성들의 평균과도 같다는 걸 깨달았다. 거리에서 강준의 뒷모습과 닮은 남자들을 종종 발견했고, 그때마다 희연은 남자들을 따라갔다. 그런 자신을 이해할 수 없다고 생각하면서도 어김없이 따라갔다.

수백 개의 파일 중에서 희연은 마음에 드는 컷을 골라 새 폴더로 옮겼다. 눈꽃에 뒤덮인 나뭇가지들은 지상에 붙박인 채 하늘로 손을 뻗은 영혼들 같았다.

***

오렌지를 반으로 자르자 달콤한 향이 주방 가득 퍼졌다. 향기에도 온도와 무게, 높낮이가 있다는 생각을 하면서 희연은 껍질을 벗겼다. 오렌지 향기는 시원하고 가벼웠으며 너무 높지도 낮지도 않게 딱 코끝에 머물렀다.

강준은 오렌지를 좋아했다. 오래전 둘은 따뜻한 방바닥에 나란히 앉아 오렌지를 까먹곤 했다. 강준은 오렌지 두 알과 과도가 놓인 쟁반을 들고 와 희연 옆에 자리를 잡았다. 강준은 오렌지 필러 대신 보통의 과도를 사용했다. 과도로 꼭지 부분을 동그랗게 잘라내고는 "꼭 모자를 벗은 것 같지 않아?" 하고 웃었다. 강준은 세로로 칼집을 한 번 낸 다음 과도를 내려놓고 손으로 껍질을 벗겨냈다. 그렇게 하면 손에서 오랫동안 오렌지 향이 풍긴다고 했다.

강준이 떠나고 희연은 한동안 울지 못했다. 말을 하지도, 밥을 먹지도 못했다. 어느 날 혼자 방에 우두커니 앉아 있다가 서랍장 아래에서 말라버린 오렌지 껍질을 발견했을 때, 그제야 막혔던 울음이 터져 나왔다. 그 뒤로 희연은 마트에 갈 때마다 오렌지를 사 왔다. 강준이 그랬듯 꼭지 부분을 동그랗게 도려내고 세로로 칼집을 낸 다음 손으로 껍질을 벗겨 먹었다.

오렌지를 반쯤 먹었을 때, 사람들이 우르르 몰려오는 발소리가 들려왔다. 희연은 과일을 씹던 동작을 멈추고 귀를 기울였다. 복도 쪽에 나 있는 창문 앞으로 그림자 여럿이 빠르게 지나갔다. 사람들이 옆집 문을 두드렸다. 무전 소리도 들렸다.

희연은 현관문을 열었다. 소방관이 기다란 쇠막대로 715호 문을 강제로 개방하는 중이었다. 그 뒤에는 경찰관 둘이 서 있었다.

"최근에 이 집 할머니 뵌 적 있어요?"

경찰관 옆에 초조한 얼굴로 서 있던 여자가 희연을 발견하고 물었다. 갑작스러운 질문에 희연이 아무 대답을 못 하자 여자가

조수경

말을 이었다.

"난 여기 615호 살아요. 715호 할머니가 요새 통 안 보이셔서."

"저도 할머니는 못 뵀고…… 며칠 전에 따님이랑 손녀가 다녀 간 것 같았어요."

여자가 고개를 갸우뚱했다.

"딸이랑 손녀요?"

여자는 의문스러운 눈빛으로 희연을 바라보다 혼잣말처럼 중얼거렸다.

"이 집 할머니 자식 없는데. 87년에 처음 입주했을 때부터 쭉 혼자 사셨는데, 누가 다녀갔을까."

희연이 715호 앞에서 본 사람들에 대해 좀 더 자세히 설명하려고 할 때, 쇠가 찢어지는 듯한 끔찍한 소리가 들려왔다. 715호 문이 벌어졌다.

"아이고."

여자가 손으로 코를 막으며 물러섰다. 경찰관들이 집 안으로 들어갔다. 무언가 부패하고 있는 냄새가 찬 바람을 타고 희연에게까지 실려 왔다.

***

경찰은 715호 할머니가 세상을 떠난 지 일주일도 더 지난 것으로 추정했다. 작년 말인지 올 초인지 희연이 벤치에 앉아 있는 할머니를 마지막으로 봤을 무렵, 할머니는 몸이 좋지 않아 더 이상 집 밖에 나오지 못했을 거고 오래된 아파트에서 혼자 숨을 거뒀을 것이다.

615호 여자 말이 맞았다. 할머니에게는 딸도, 손녀도, 다른 가족도 없었다. 희연은 715호 앞에서 본 사람들을 떠올렸다. 할머니를 닮은 여자와 손목에 붉은 꽃무늬 점이 있는 소녀. 그들은 누구였을까.

할머니에게 가족이 없다는 것을 알게 된 후로 희연은 자신이 본 사람들에 대해 더는 얘기하지 않을 거라고 다짐했다. 다만 속으로 이렇게 중얼거렸다.

어쩌면.

***

한낮의 공중화장실은 빛으로 가득했다. 한쪽 벽에 제법 커다란 창이 나 있어 불을 켜지 않아도 환했다. 안에는 아무도 없었다. 칸막이에 달린 문들은 저마다 다른 각도로 벌어져 있었는데, 아주 오래전부터 그 상태로 놓여 있던 것처럼 느껴졌다.

희연은 거울 앞으로 다가갔다. 거울에 비친 여자는 눈 밑에 짙은 반달 모양 그늘이 진 데다 웃을 줄 모르는 사람처럼 입꼬리

조수경

가 축 늘어져 있어 생기라곤 찾아볼 수 없었다. 이런 얼굴을 갖게 된 건 언제부터였을까. 희연은 기억을 더듬는 대신 가방 안에서 화장품이 담긴 파우치를 꺼냈다. 10년 전 처음 이 거울 앞에 섰을 때는 분명 이런 모습이 아니었다. 희연은 파운데이션과 립글로스를 덧발랐다. 어느덧 마흔이었다.

화분이 가득한 로비를 지나 희연은 첫 번째 방으로 들어갔다. 그곳에 강준이 있었다. 사물함처럼 칸칸이 나뉜 좁은 공간, 그보다 더 좁은 유골함 안에 강준이 있었다.

"나 왔어."

유골함 옆에 놓인 사진 속에서 강준은 치아가 드러날 만큼 환하게 웃고 있었다. 서른 살이 되던 해 희연이 찍어준 것이었다. 사진을 찍고 얼마 뒤 강준은 세상을 떠났다.

처음엔 좀 지독한 감기라고 생각했다. 강준은 몇 달 동안 기침을 달고 살았고 컨디션이 좋지 않았다. 젊고 건강한 성인 남자가 '고작' 감기 때문에 병원에 가는 일은 드물었고 강준도 마찬가지였다. 그러던 어느 날, 강준은 응급실에 실려 갔고 큰 병원에 가보라는 말을 들었다.

며칠 뒤 강준이 1인실에 입원했고, 희연은 간단히 짐을 꾸려 함께 병원 생활을 시작했다. 병의 원인을 찾아내는 동안 두 사람은 두려움에 사로잡혀 있었지만, 그럼에도 행복한 순간들이 있었다. 둘은 손을 잡고 어슬렁어슬렁 병원 복도를 산책하거나, 각자의 소원을 적어—서로 못 보게 손으로 가려가며—소원 트리에 걸어두거나, 로비에 있는 카페에서 딸기바나나주스 혹은 파인 애플바나나주스를 사 먹거나, 병원에 마련된 작은 성당에 가서 기도했다. 침대에 나란히 누워 있다가 똑똑 노크와 함께 "간호 삽니다" 하는 소리가 들리면 희연은 서둘러 이불 속에서 빠져나와 성실한 보호자 모드로 간호사를 맞이하곤 했다. 간호사가 몇 가지 체크를 한 뒤 병실 문을 닫고 나가면 둘은 킥킥 애들처럼 웃었다.

입원과 퇴원을 반복하며 두 계절을 보낸 뒤 강준은 생의 끈을 놓아버렸다. 처음엔 거짓말 같았고, 어느 정도 시간이 지나자 희연은 도서관에서 영혼에 관한 책들을 빌려와 어떻게든 강준과 소통할 방법을 찾았다. 결국 소통하는 일은 실패했지만, 희연은 그 방법을 찾지 못했을 뿐 분명 어딘가에 또 다른 형태로 강준이 존재하고 있을 거라고 생각했다. 그 무렵 희연은 강준의 휴대폰에서 그가 찍은 마지막 사진을 발견했다. 그건 병실 문에 드리워진 강준 자신의 그림자를 찍은 사진이었는데, 마치 그림자가 또 다른 세계로 들어가려는 것처럼 보였다.

희연은 사진 속 강준의 얼굴을 손가락 끝으로 어루만졌다. 오래전 양손으로 강준의 얼굴을 감쌌을 때의 온기와 턱수염의 까칠한 감촉이 되살아났다. 잠이 오는 듯 천천히 닫히던 눈꺼풀과 공작새의 꼬리처럼 내려앉던 긴 속눈썹이 생생하게 떠올랐다.

조수경

바람이 불어오면 한 올씩 흩날리던 부드러운 머리칼. 단단하게 벌어진 어깨와 커다란 손. 손등 위로 겨울 나뭇가지처럼 뻗은 핏줄. 희연이 사랑했던 모든 것이 고운 가루가 돼 작은 항아리 안에 담겨 있다는 사실이 여전히 믿기지 않았다.

"나는 이제 마흔이 됐어."

희연이 쓸쓸하게 속삭였다.

"너는 계속 서른인데, 나 혼자 나이를 먹네."

희연은 강준을 보러 올 때마다 먼저 화장실에 들러 거울을 봤다. 여전히 강준에게 예쁘게 보이고 싶은 마음에 화장을 고치고 매무새를 가다듬었다.

"며칠 전에도 너랑 뒷모습이 닮은 사람을 봤어. 그래서 따라갔느냐고?"

희연이 소리 내 웃었다.

"응, 여전히 그러고 있어. 10년이나 지났는데 말이야. 10년 전에는 또래 남자들을 따라갔는데, 이제는 나보다 열 살쯤 어린 남자들을 따라가고 있네. 나 말이야, 할머니가 되어서도 이럴까?"

젊은 남자의 뒤를 쫓는 할머니를 상상하다 희연은 고개를 흔들었다.

"얼마 전에는 이런 일이 있었어."

희연은 강준 쪽으로 좀 더 바짝 다가갔다.

"밤늦게 미팅을 끝내고 로비를 빠져나가려는데, 그 건물 로비는 사방이 통유리로 돼 있거든. 출입구 쪽 유리벽 너머에 올빼미한 마리가 있는 거야. 날갯짓을 해 공중에 떠올랐다가 유리벽에 부딪쳐 바닥에 떨어지기를 반복하면서. 새들은 앞으로만 갈 수 있는 걸까? 돌아서면 바로 뒤에 탁 트인 공간이 있는데, 그러면 곧장 하늘로 날아갈 수 있는데, 올빼미는 계속해서 유리벽을 향해 전진했어. 어쩌다 이런 도심까지 날아왔을까. 궁금증도 잠시, 저러다 다치기라도 하면 어떡하지 걱정이 됐어. 낯선 풍경 속에서 방향을 잃고 얼마나 무서웠겠어. 야생동물구조협회 전화번호를 검색하고 통화 버튼을 누르려는데, 순간 깨달았어. 올빼미가 날갯짓을 멈추고 앉아서 그 커다란 눈으로 나를 응시하고 있다는 걸."

희연은 사진 속 강준의 눈을 바라봤다.

"올빼미는 정확히 내 눈을 보고 있었어. 그 눈을 마주 보는데, 마치 올빼미가 나에게 묻는 것 같았어. 나는 왜 당신이 있는 곳으로 갈 수 없는 건가요, 라고. 우리는 그렇게 유리벽을 사이에 두고 한참 동안 고요히 마주 보고 있었지. 시간이 얼마나 흘렀을까. 누군가 출입구 쪽으로 걸어오고 있었는데, 그걸 눈치챘는지 올빼미가 몸을 틀어 하늘 높이 날아올랐어. 문득 이상한 기분이 들더라. 올빼미는 정말 내 쪽으로 오고 싶었던 게 아닐까. 어쩌면 올빼미는 네가 아니었을까."

조수경

발소리가 들려와 희연은 말을 멈췄다. 점점 가까워지던 소리가 벽 너머에서 멎더니 곧 나지막한 음성이 이어졌다.

"아빠, 엄마, 미호 왔어요."

앳된 목소리의 방문객은 망자에게 인사를 건넨 뒤 한동안 침묵했다. 희연은 잠시 자리를 비켜줄 생각에 사진 속 강준의 얼굴을 쓰다듬고 추모관 밖으로 나왔다.

금방이라도 눈이 쏟아질 듯 하늘이 무겁게 내려와 있었다. 서울에 도착하기 전에 눈발이 날릴 게 분명했다. 사실 올빼미뿐만이 아니었다. 강준이 떠난 뒤 눈송이가 손등에 떨어질 때마다, 바람이 불어올 때마다, 희연은 모든 것에서 강준을 느꼈다. 소중한 사람을 잃은 이들에게는 세상 모든 것이 의미 있게 다가오는 법이니까.

먼 하늘을 바라보고 있을 때 이제 막 추모관에서 빠져나온 사람이 희연을 스쳐 지나갔다. 진회색 코트에 감청색 목도리를 두른 남자.

어쩌면.

희연은 남자를 따라 천천히 걸음을 옮겼다.

2. 시간의 바깥

미호는 혜화역 2번 출구로 나왔다. 추모 공원에 있을 때 쏟아지기 시작한 눈은 어느새 그쳐 있었다. 서울에도 눈이 제법 내렸는지 마로니에 공원 주변이 온통 환했다.

"잘 다녀왔어?"

미호를 먼저 발견한 현우가 인사를 건넸다. 현우의 귀가 빨갛게 얼어 있었다. 미호는 열기가 느껴질 때까지 손바닥을 맞비빈 다음 빨개진 귀를 감싸주었다.

"오래 기다렸어?"

현우는 대답 대신 고개를 젓고 긴 팔을 뻗어 미호의 어깨를 감쌌다.

둘은 따뜻한 쌀국수를 먹고 눈 쌓인 거리를 걸었다. 미호는 현우와 손을 잡고 대학로부터 광화문까지, 혹은 광화문에서 대학로까지 목적 없이 걷는 걸 좋아했는데, 오늘은 날이 추워 산책하기엔 무리였다. 차가운 공기 때문에 눈을 가늘게 뜬 현우가 말했다.

"선배 집에나 가볼까?"

"선배 누구?"

"태구 선배."

미호가 걸음을 멈추고 혼잣말처럼 중얼거렸다.

조수경

"난 처음 듣는 이름인데."

현우가 이상하다는 표정으로 미호의 눈을 들여다봤다.

"내가 얘기한 적 없었나?"

"응, 한 번도."

현우가 고개를 갸웃거리다 다시 걸음을 옮겼다.

"우리 과 선밴데, 연극에 빠져서 휴학하고 대학로에 있거든. 그 선배 결혼도 했어. 아내랑 둘이 저 위에 살아."

현우가 턱 끝으로 마로니에 공원 너머를 가리켰다.

둘은 마로니에 공원을 가로질러 언덕길을 올랐다. 올라갈수록 골목이 점점 좁아졌고 곳곳에 눈이 얼어붙어 길이 미끄러웠다. 현우가 미호의 손을 꼭 잡았다.

"조심해."

"꼭 등산하는 것 같다."

"힘들어?"

"아니. 요 바로 위쪽이 낙산 공원이지?"

"그치."

"동네 예쁘네."

"응, 예쁘다."

"그런데 골목이 미로 같아서 다시 찾아오라면 못 올 거 같아."

주홍빛 가로등이 깜빡이는 곳에서 현우가 걸음을 멈췄다.

"여기야."

미호는 낡은 초록색 대문을 바라봤다. 대문 한쪽에 초인종이 여러 개 달려 있었다. 현우는 그중 제일 끝에 달린 벨을 눌렀다. 모르는 사람의 집에, 초대받은 것도 아닌 상태로 방문했기 때문인지 미호는 조금 긴장했다. 그걸 눈치챈 현우가 빨갛게 얼어버린 미호의 코를 살짝 꼬집었다. 그때 대문이 열렸다.

"어, 현우!"

대문 안쪽에서 젊은 남자가 놀란, 그러나 진심으로 반가운 얼굴로 웃고 있었다. 결혼까지 한 선배라고 해서 나이가 좀 들었을 거라고 생각했는데 현우보다 겨우 한두 살쯤 많아 보였다.

"들어와, 들어와."

태구 씨가 빠르게 손짓했다. 새의 날갯짓을 닮은 우아한 손놀림에 미호는 긴장이 조금 풀렸다. 태구 씨 등 뒤로 오래된 주택과 시멘트를 바른 작은 마당이 보였다. 여긴 눈이 하나도 안 쌓였네, 생각하며 대문 안으로 들어갔을 때 미호는 가벼운 현기증을 느꼈다. 기압이 다른 공기층이 맞닿은 지점을 통과한 기분이었다. 골목 사이사이를 휘젓고 다니던 매서운 바람이 더 이상 느껴지지 않았다.

"괜찮아?"

이마에 손을 짚고 서 있는 미호를 보고 현우가 걱정스럽게 물었다. 미호는 아무 일도 아니라는 듯 생긋 웃었다.

주택은 2층으로 이어지는 계단이 따로 있었고, 1층에는 불투

조수경

명한 유리가 끼워진 알루미늄 문이 여러 개 달려 있었다. 태구
씨가 그중 하나를 열자 집 안에 고여 있던 온기가 새어 나와 찬
공기를 부드럽게 감쌌다.

"선애야!"

태구 씨가 아내를 부르며 안으로 들어갔다. 그 소리에 미호는
조금 놀랐는데, 현우가 손을 잡아끄는 바람에 놀란 것도 잊은 채
집 안으로 들어갔다.

"현우가 왔어. 현우 여자 친구도 왔고."

태구 씨가 들뜬 목소리로 말하자 방 안에서 젊은 여자가 읽고
있던 책을 그대로 손에 들고 달려 나왔다. 선애 씨는 식탁 위에
책을 내려놓고 현우에게 눈인사를 건넨 다음 곧장 미호에게로
다가와 손을 잡았다.

"아휴, 손이 꽁꽁 얼었네. 이리 들어와요."

선애 씨는 미호를 데리고 안방으로 들어갔다. 손으로 바닥을
더듬어 따뜻한 자리에 미호를 앉히고는 보드라운 무릎 담요를
덮어주었다.

"저녁은요?"

"먹었어요."

"아, 그럼 술 마셔야겠네. 여기서 잠깐 몸 좀 녹이고 있어요."

선애 씨가 주방으로 나가고 미호는 얼떨결에 혼자 안방에 남
았다. 선애 씨는 보일러 온도를 올린 다음 서둘러 냉장고 문을

열었고, 태구 씨와 현우가 선애 씨를 도왔다. 미호는 자신도 주
방으로 나가 뭔가 해야 하는 건 아닐까 생각했지만, 얼었던 몸이
녹으면서 발바닥이 간질거리는 탓에 그대로 앉아 있었다. 미호
는 천천히 방 안을 둘러봤다. 나무의 결이 살아 있는 책장, 라탄
으로 만든 수납장과 레이스 받침 위에 놓인 유리 화병. 화병에는
안개꽃이 꽂혀 있었다. 방은 작지만 세심하게 꾸며놓은 느낌이
었다. 그럼에도 미호는 뭔가 허전하다고 느꼈는데, 그것이 젊은
부부의 방에 결혼사진이 한 장도 보이지 않기 때문이라는 걸 깨
달았다.

"미호야!"

현우가 부르는 소리에 미호는 담요를 걷어내고 천천히 일어
났다. 주방의 절반쯤 차지하고 있는 4인용 식탁에는 참치 통조
림을 넣고 끓인 김치찌개, 생선구이, 갖은 밑반찬과 함께 전자레
인지에 데운 냉동 만두, 냉동 치킨 같은 안주가 차려져 있었다.
선애 씨가 미안한 얼굴로 웃었다.

"미리 연락하고 왔으면 장이라도 봤을 텐데."

"형수님, 무슨 말씀을. 저희도 빈손으로 왔는걸요."

"다들 앉아, 앉아. 밥 먹고 왔다니 아쉽다. 우리 선애 밥이 진
짜 맛있거든."

아직 저녁 식사 전인지 태구 씨와 선애 씨 앞에는 밥공기가
놓여 있었다. 김치찌개의 달짝 시큼한 냄새와 밥의 구수한 냄새

조수경

를 맡자 미호는 허기를 느꼈다. 태구 씨가 맞은편에 앉은 현우와 미호에게 맥주를 따라주었다. 이번에는 현우가 맥주병을 받아 태구 씨와 선애 씨의 잔을 채웠다.

"형수님, 밥 남은 거 있으면 나도 한 공기 줘요. 찌개 냄새 때문에 침이 고이네."

선애 씨가 반색하며 자리에서 일어났다.

"미호 씨는?"

"아, 그럼 저도 조금."

미호가 수줍게 웃었다.

태구 씨 말처럼 선애 씨 밥은 맛있었다. 흰쌀밥이 이렇게 달고 구수했나 싶었고, 찌개 국물은 삼키고 난 뒤에도 입안에 그 맛이 오래 남았다. 미호는 찌개에 들어간 두부를 건져 밥 위에 얹은 다음 먹기 좋은 크기로 잘라 밥과 함께 떠먹었다. 그런 미호를 선애 씨가 흐뭇하게 바라봤다.

"미호 씨 이름, 부모님이 지어주셨어요?"

"네. 부모님이 좋아한 배우 이름에서 따온 거래요."

선애 씨와 태구 씨가 마주 보며 웃었다.

"사실은요."

선애 씨가 맥주를 한 모금 마시고 말을 이었다.

"언젠가 우리에게 딸이 생기면 아이 이름을 미호라고 짓자 그랬거든요."

"러브레터. 선애가 제일 좋아하는 영화예요. 작년에 개봉했을 때 극장에서만 여러 번 봤어요. 거기서 주연 맡은 배우가 나카야마 미호고요."

태구 씨가 거들었다. 미호는 두 사람을 번갈아 보다 맥주로 목을 축인 다음 말을 꺼냈다.

"실은, 저희 부모님 성함이요, 두 분이랑 똑같아요."

"정말?"

"아까 현우한테 선배님 이름 들었을 때 좀 놀랐는데, 여기 와서 아내 분 이름 듣고 진짜 놀랐어요."

"와, 정말 신기하네요!"

현우가 잔을 높이 들어 건배를 청했다. 네 개의 유리잔이 부딪치며 맑은 소리를 냈다.

"부모님이 좋아하신다는 배우도 혹시 나카야마 미호일까요?"

"태구 씨, 그건 계산이 좀 안 맞잖아."

"그렇겠군. 그럼 다른 미호인가?"

"그건 잘 모르겠어요."

미호가 고개를 갸우뚱했다.

"두 분 다 돌아가셔서 물어볼 수 없었거든요."

태구 씨가 맥주를 마시려다 말고 잔을 내려놓았다. 선애 씨는 손으로 입을 막았다.

"미호 씨, 미안해요."

조수경

"아니에요. 제가 세 살 때 돌아가셔서 기억도 없는데다가……
뭐랄까, 처음부터 초콜릿 몇 개가 빠져 있는 상자를 받은 기분이
랄까요. 그냥 원래 몇 개 빠져 있는 게 당연한 거예요, 저한테는."

현우가 미호의 등을 따뜻하게 쓸어내렸다.

"부모님에 관한 거라면 전해 들은 게 전부예요. 제가 태어난
뒤에 아빠는 전공을 바꿔 대학에 다시 입학했고, 엄마는 직장에
다니면서 아빠 뒷바라지를 했대요. 돈이 없어서 일단 혼인신고
만 하고 살림을 차렸대요."

태구 씨와 선애 씨가 뭔가 말하고 싶은 얼굴로 서로를 바라봤
다. 하지만 둘은 아무 말도 하지 않았다.

"아빠는 아직 학생이고 엄마는 돈을 벌어야 해서 저를 할머니
한테 맡겼는데, 시간이 날 때마다 고속도로를 달려 할머니 집에
왔대요. 어떤 날엔 밤늦게 와서 아침이 오기 전에 서울로 가고
그랬대요. 중고로 산 경차를 몰고."

어느덧 바닥은 뜨겁게 달궈져 있었다. 온기 탓인지 모두 금세
취했다. 미호는 지금껏 현우에게조차 말하지 않은 이야기를 이
어갔다.

"그날도 갑자기 저를 보러 저녁 무렵에 할머니 집으로 출발
했대요. 그리고 두 시간쯤 지나서 아빠가 할머니 집으로 전화를
했대요. 엄마, 미호는 뭐 해요? 자요? 물어봤대요. 안 자고 아빠
엄마 기다린다고 하니까 크게 웃더래요. 그러더니 엄마, 우리

지금 사고 났어요, 나는 괜찮은데, 선애가 좀 많이 다쳐서……
지금 구급차 기다리고 있어요, 다시 전화할게요, 그러고는 끊었
대요."

미호 맞은편에 앉은 선애 씨가 슬픈 얼굴로 태구 씨 어깨에 머
리를 기댔다. 태구 씨가 팔을 뻗어 선애 씨 어깨를 감싸 안았다.

"다시 전화한 사람은 아빠가 아니었어요. 경찰이었죠. 이건
할머니도 나중에 전해 들은 얘긴데요, 트럭과 충돌했는데, 트럭
은 멀쩡하고 아빠 엄마가 탄 차만 완전히 우그러졌대요. 엄마는
조수석에서 의식을 잃었고, 아빠는 119에 신고한 다음 할머니
한테 전화를 걸었는데, 그걸 보고 트럭 기사가, 아저씨, 아저씨,
정말 괜찮아요? 여러 번 물었대요. 아빠는, 나는 괜찮은데, 아내
가 많이 다친 것 같아요. 어떡하죠? 그랬대요. 그런 아빠를 보고
트럭 기사는 하얗게 질려버렸는데…… 그게, 그때 이미 아빠 뒤
통수가 반쯤 날아가고 없었대요. 그 상태로 아빠는 신고를 하고,
할머니한테 전화를 하고, 그러다 구급차가 오기 전에 쓰러져 숨
이 끊어졌대요. 엄마는 병원으로 가는 도중에 심장이 완전히 멈
춰버렸고."

미호 얘기를 가만히 듣고 있던 선애 씨가 술잔을 비웠다. 태
구 씨도 술잔을 비웠지만 아무도 빈 잔을 채울 생각을 하지 못
했다.

"이 얘길 들었을 때 슬프고 무섭기보다 마음이 따뜻했어요.

조수경

머리를 크게 다치고도 아빠는 엄마부터 걱정했다니. 두 분이 서로 많이 사랑한 것 같아요. 그런 사람들 사이에서 태어났구나, 생각하면 기분이 꽤 근사해져요. 다 보상받은 기분이에요."

선애 씨가 팔을 뻗어 미호의 손을 잡았다.

"부모님이 일찍 돌아가셔서 엄마가 차려준 밥을 먹어본 기억이 없거든요."

미호가 볼이 빨개진 채로 수줍게 웃었다.

"이름 때문인지, 지금 꼭 부모님이랑 같이 있는 기분이에요. 엄마가 차려준 밥 먹는 것 같고."

선애 씨가 미호의 손을 꼭 쥐었다가 놓고 젓가락을 들었다. 생선 살을 발라 미호 밥그릇에 얹어주자 미호가 밥을 크게 떠 한입에 넣었다.

"자고 가라니까."

선애 씨가 아쉬운 얼굴로 미호의 손을 잡았다.

"또 놀러 올게요."

미호가 말했다.

"또 놀러 와요, 꼭."

태구 씨가 말했다.

태구 씨와 선애 씨는 다정하게 손을 잡고 마당까지 나와 미호와 현우를 배웅했다. 현우가 대문을 열고 먼저 밖으로 나갔고 미호가 그 뒤를 따랐다. 바깥에는 여전히 눈이 쌓여 있었지만, 대문 안쪽에 서 있는 태구 씨와 선애 씨의 발밑에는 눈이 내린 흔적조차 보이지 않았다. 미호는 잠시 하늘을 올려다보았다.

미호와 현우가 골목 모퉁이에 도착할 때까지 태구 씨와 선애 씨는 같은 자리에 서서 오래도록 손을 흔들었다. 어쩐지 다시는 볼 수 없는 사람들 같다고 미호는 생각했다.

"트럭을 조심하세요."

모퉁이를 돌기 전에 미호는 태구 씨와 선애 씨를 돌아보며 작게 중얼거렸다.

"응? 방금 뭐라고 했어?"

현우가 물었다.

"아무것도 아니야."

미호는 장난스럽게 웃으며 현우를 마주 봤다. 처음엔 현우의 눈을 봤고, 그다음엔 현우의 입에서 뿌얀 입김이 새어 나오는 것을, 마지막으로 현우의 가슴이 오르락내리락하는 것을 오래도록 바라봤다. 숨을 들이마실 때 미세하게 가슴이 올라가고 숨을 내쉴 때 제자리로 돌아오는 모습이, 살아 있다는 것이, 살아서 곁에 있다는 것이 감동스러워 눈물이 날 것 같았다. 미호는 두 팔을 벌려 현우를 꼭 끌어안았다.

***

조수경

후배 커플이 다녀간 그 밤, 태구 씨와 선애 씨는 사랑을 나누었다.

얕은 잠에 빠졌다 금세 깨어난 선애 씨는 미호를 생각했다.

그때 아직 선애 씨는 배 속에 생명이 잉태되고 있다는 걸 몰랐지만, 잠이 든 남편 태구 씨의 손을 잡고 말했다.

"있지, 나 먼 미래를 다녀온 기분이야."

떠난 이를 여전히 가슴에 품고 살아가는 사람들이 있습니다.

눈에 보이지 않을 뿐,
우리가 다 알지 못할 뿐,
이곳과 저곳, 두 개의 세계가 어떤 방식으로든 연결되어 있다
고 믿고 있습니다.